後宮妃は麒神の生贄花嫁

五神山物語

唐澤和希

スターツ出版株式会社

目次

後宮妃は麒神の生贄花嫁

五神山物語

序章

大陸の中心には天に届くほどの大きな山があり、そこから流れる川によって、五つの人族の国が分かたれていた。

大陸の果ては切り立った崖となっており、川は滝のように流れ落ちて渤海《ぼっかい》という広大な海につながっている。

そしてその海に浮かぶようにそびえ立つのが五神山《ごしんざん》。ちょうど五つに分かたれた人族の国と対になるように浮かぶその神の山は、岱輿《たいよ》、員嶠《いんきょう》、方丈《ほうじょう》、瀛洲《えんしゅう》、蓬莱《ほうらい》と名付けられ、神が住まう神聖な場所として人々に畏《おそ》れられていた。

そして、北東にある神山・岱輿山《たいよさん》には時を統《す》べる神がいた。それは雄の麒麟《きりん》で、麒《き》神《しん》と呼ばれている。

時の流れを制御し管理する役目を担う麒神がいなければ、時の流れの綻《ほころ》びとともに世界が終わる。その特別な役目を背負う麒神を人々は畏れ敬ってきた。

特に岱輿山と対になる場所に置かれた人族の国・漸《ぜん》帝国では麒神との縁が深く、強い神通力を持つ娘を麒神に嫁がせる盟約の契りがあった。

人族の中で神通力を持つ者は限られており、多くは国の公主が麒神に捧《ささ》げられていた。

それは数百年に一度、西の空に黄星の流星群が見られた年に行われる。人族の娘を麒神に捧げ、その見返りとして麒神は人族の国の時の流れを守る決まりだ。

花嫁を捧げねば人々の時が止まり、やがて世界は崩壊すると言われている。

つまり花嫁は、人族が生きて繁栄するための生贄《いけにえ》。

麒神を敬いながらも、神通力を持つ年頃の娘は花嫁になることを恐れていた。

黄色の流星群は不吉の報せに他ならない。

そして、今――。

夜空に冴《さ》え冴《ざ》えと輝く黄色の流れ星が群れを成して西の空を流れていった。

星読みの役人たちは、またか、と諦観《ていかん》を滲《にじ》ませてつぶやく。

本来なら、数百年に一度しか流れないはずの宿命の星であるのに、ここ百年の間にすでに十は流れ落ちた。

かの星が示すのは、麒神の新しい花嫁。

また公主の中から適齢期の娘を、麒麟という時を統べる神獣に捧げねばならない。

皇帝は悲しみに嘆き、公主たちは来るべき運命に怯《おび》えた。

しかしその中でただひとり、星が流れ落ちた夜空を見上げて笑みを作っている者がいた。

「これで、やっと会いに行ける」

夜空の星をその瞳に宿したかのように輝かせながら、その娘は小さくつぶやいた。

第一章　現世の章・麒神の後宮

渤海に浮かぶ五神山のひとつ岱輿山に、一隻の船がたどり着いた。

砂浜は星の輝きのように白く、濃紺の渤海との対比が非常に美しい。

潮騒《しおさい》の音が響くその場所で、朱色の地に銀糸で百合を描いた見事な襦裙《じゅくん》を着た娘がひとり、どこか感慨深げに船から降り立った。

「懐かしいわ！　ああ、旺殷《おういん》様、またあなたに会えるのね！」

娘は喜びを隠しきれないといったふうに弾むような口調でそう言った。

彼女こそ、先日の宿命の星によって選ばれた麒神の花嫁。

漸帝国では代々神の花嫁は、神通力の強い皇族の血筋から選ばれる。神に通じる力がなければ、神山で暮らすことができないからだ。

しかし花嫁に選ばれた公主たちは、絶望するばかりであることが多い。

なぜなら、麒神というのは人ではない。神獣だ。神とはいえ獣に嫁ぐことを、公主たちは皆恐れていた。

それに十年ごとに送り出している花嫁は誰ひとりとして戻ってきていない。

国では、麒神が花嫁を食べているなどという噂《うわさ》さえあった。

しかし今回十年ぶりに選ばれた花嫁はどこか鼻歌でも歌いだしそうな勢いで、ここまで付き添ってきた宮女たちは戸惑いながらも目を見合わせた。

「なぜ、あれほど嬉《うれ》しそうなのかしら。生贄の花嫁に選ばれたというのに」

「春蘭《しゅんらん》公主は変わり者だから……」

御付きの供たちがひそひそと話していることにも気づかずに、待ちきれないとばかりに歩を進める。

この娘の名は、翠《すい》春蘭。今は亡き三位の妃が産んだ漸帝国の公主のひとり。

自ら進んで麒神の花嫁になりたいと皇帝に申し出て今に至る。

物覚えが大変よく、裁縫の腕がよい娘ではあるのだが、少々変わった言動が目立つ
ということで、宮中では変わり者の公主と囁《ささや》かれていた。

「でも、どうしましょう。この黒髪も紫色の瞳も以前と同じだけれど、やっぱり顔の
作りが違うし、ちゃんと私だと気づいてくれるかしら」

春蘭は歩きながら、心配そうに頬に手を這《は》わせた。

濃い紫色の瞳に、きめの細かい白い肌。鼻は小さく、少し垂れ下がった目が十六と
いう実際の年齢よりも幼く見える。

特別な美女とまではいかないが、愛嬌《あいきょう》のあるかわいらしい容姿をしていた。

「まあ、きっと大丈夫よね。どうにかなるわ。だって、あの時だって、私たちはすぐ
に恋に落ちたもの。ああ早く会いたい」

容姿を気にして曇っていた顔が、一瞬にして晴れやかに変わる。

そしてその間も、春蘭の足取りは確かなもので、まるで、以前にもここに来たこと

があるかのように迷いなく進んでいく。

しかし、突然、なにかに気づいたかのようにハッとした顔をすると立ち止まった。

船上で見送る御付きの者たちを振り返る。

「勝手に屋敷に行こうとしていたけれど、旺殷様がお迎えに来るのを待った方がいいかしら」

春蘭の問いに、御付きの宮女は怪訝《けげん》そうな表情を浮かべる。

旺殷というのは麒神の名だ。そのことは知識として知ってはいるが、神の名を口にするなど恐れ多いために、皆〝麒神様〟と呼ぶ。

しかし、春蘭ははっきりと親しげに〝旺殷〟と言った。

「いいえ、その必要はありません。麒神様はここ数百年ほど、公主が岱輿山に着かれましても迎えに来たことはないようですので」

「まあ、そうなの？　どうしたのかしら。前の時は来てくださったのに……。では私から出向くしかないのね。久しぶりにこの地を自分の足で歩くのも悪くないわ」

春蘭はそう言うと再び前を向いて歩きだした。

宮女たちは顔を見合わせて、春蘭の言動のおかしさに眉根を寄せる。

春蘭が岱輿山に来るのは初めてだ。久しぶりという言葉が出るはずもない。

また変わり者の公主の虚言《きょげん》だと、御付きの者たちは呆《あき》れたように首を振った。

◆

春蘭は麒神の住まう屋敷の前までたどり着いた。

屋敷がある場所は春蘭が知る〝以前〟と変わらない。だが……。

改めて屋敷を見上げた。

四階はあるだろうか、立派な黒塗りの軒裏《のきうら》がはるか高みより春蘭を見下ろしている。

屋敷は広すぎるほどに広く、その建物の佇《たたず》まいはまさしく絢爛豪華《けんらんごうか》といったもので、金粉の混ざった朱塗の柱がきらきらと輝いている。

そして、入り口である門頭には、金色の鱗《うろこ》に覆われた四つ脚の体躯《たいく》に、同じく金色の鬣《たてがみ》をなびかせて駆ける鹿のような彫り物が飾られていた。

宝石のごとく輝く鱗がまぶしくて、思わず春蘭は目を細める。

精巧に造られたこの彫刻は、麒麟の姿だ。

やっと戻ってきたのだと春蘭はほっとするも、〝以前〟ここに住んでいた時よりも屋敷が増築されていることに驚いた。

いや、増築というよりもほとんど建て替えているといってもいいぐらいに巨大な屋敷になっている。

呆然《ぼうぜん》と屋敷を見上げていると、ギギギと重たそうな音を響かせて朱塗の扉が開いた。

扉を開けたのは、まっすぐな金色のおかっぱ頭をした十歳ぐらいの少年。

彫刻のように真っ白で表情のない顔は、整ってはいるが無機質な印象を受ける。

春蘭は、その少年の姿を見て思わず目を見張った。

旺殷の眷属《けんぞく》の精霊だ。

少年の姿は三百年前のあの頃となにひとつ変わっていない。思わず懐かしさで目が潤んだ。

今はひとりのようだが、おそらく屋敷内にはこの少年とまったく同じ見た目の者たちがたくさんいるのだろう。三百年前もそうだった。

春蘭には秘密がある。

春蘭は、生まれる前の記憶、前世の記憶を持っていた。

前世の春蘭は、この岱輿山の主人である麒神の花嫁として捧げられ、ともに暮らした。それは今から三百年ほど前の話。

その三百年前に、前世の春蘭がここに嫁いできた時も、ほとんどの雑事をこなしてくれていたのが彼ら〝時の精霊たち〟だった。

懐かしさで抱きついてしまいたくなったが、春蘭はグッとこらえる。

麒神の眷属である精霊たちは極端に感情が乏《とぼ》しく、話しはできるが、それはただの報告といったふうで、誰かと心を通わせるための会話を行う術を持たない。

人とは違う価値観で動く存在だ。

三百年前も何度か交流を試みようとしたものの無視され続け、ただ淡々と雑事をするだけだった。

旺殷曰く、精霊とはそういうもので、ただひたすら己の役割に徹し、主人である旺殷とその家族のためだけに仕えるのだということだ。

とはいえ、いつもせっせと働いてくれる彼らに、春蘭は感謝と親しみを感じていた。

だから前世では無視されても気にせず、話しかけたり頭を撫《な》でたりと構いまくっていたのだが、あまりにも構いすぎて、常に無表情な精霊たちからちょっと迷惑そうな顔をされた時にはさすがに反省したものである。

今だって、突然抱きついたりしたら彼らも不快に思うはずだ。なにせ、今世の春蘭と彼らは初対面なのだから。

「新しい花嫁様でしょうか？」

懐かしい思い出に浸っていると、精霊が相変わらずの無表情で淡々と告げてきた。

それがなんだか少しおかしく感じて春蘭は口元を緩める。

その口調は三百年前と少しも変わらない。

「はい、そうです。麒神様のもとにお連れいただけますか？」

「いいえ、麒神様のもとにはお連れしません。他の花嫁様のところに案内します」

「……え？　他の花嫁？」

訝《いぶか》しんでいると眷属の精霊はすたすたと先に行ってしまったので、春蘭は慌てて小さい背中を追いかけた。


屋敷の中は外に比べれば質素だった。

板張りの廊下に、白く塗り固められた壁。どれも綺麗《きれい》で、新しく造られたばかりのようだが、殺風景な印象を受けるのは否めない。

三百年前は今よりも小さいお屋敷だったが、目を見張るような趣向が凝らされていた。天井には美しい麒麟が駆けていく絵が描かれていたし、壁には花や鳥の模様が彫り込まれていた。柱など所々には、美しい宝石も埋め込まれていた。

今の、この質素で味気のない屋敷とは全然違う。

それとも見えないだけで、以前のような華やかな飾り物が隠れているのだろうか。

そう思って見渡したかったのだが、今は精霊の眷属たちの足が速く、追いかけるのに必死だ。

あまり中をゆっくり見ることなくついていくと、立派な両開きの扉に行き着いた。

「こちらの向こう側に他の花嫁がいますので」

「え……？」

戸惑っていると、金髪のおかっぱの少年はすたすたと素早く去っていった。

あっという間にひとりである。

「あの子たちは、相変わらずね……。とりあえず、この扉の向こう側に行けということかしら……？」

室内にこしらえているとは思えないほどにしっかりした造りの扉である。

春蘭は恐る恐るその重たそうな扉を開いた。

まず感じたのは、むわっとするような花の香り。そして女性たちの話し声。

廊下は薄暗かったが、この部屋の中はずいぶんと明るいようだ。

目をすがめて、どうにか前を見ると……。

「なに、これ……」

青、赤、黄、緑、鮮やかな着物を着飾ったたくさんの女性たちが、いた。

パッと見るだけで三十人ほどはいる。

先ほど感じた花のような香りは、彼女たちが焚《た》きしめている香だろうか。

幾人かでかたまり、それぞれ話に花を咲かせているらしく、椅子に座って話し込んでいる者もいれば立ち話をしている者もいる。時折笑い声も聞こえてくる。

あっけに取られて眺めていると、談笑している輪の中にひとり、見たことのある顔を見つけた。

　薄茶色の髪を三つ編みにして後ろでまとめている女性だ。

　髪色と同じ思慮深そうな茶色の瞳も、愛嬌のある丸々とした目元も覚えがあった。

「尹圭《ゆんけい》お姉様！」

　春蘭は駆けだすと、その女性に向かって声をかける。

　尹圭は十年前に麒神の花嫁として捧げられた公主だ。

「あら、あなた、もしかして……春蘭？」

　尹圭も春蘭に気づいて目を丸くさせた。

「お久しぶりです。尹圭お姉様。お姉様がご健在で安心しました」

「よく私とわかったわね。最後に会ったのは十年前かしら。あなたはまだ六つになったばかりの頃だったのに……ああ、でも、あなたは幼いながらに物覚えがよい子だったものね」

　尹圭とはかつて国の後宮でともに過ごしたことがある。

　尹圭は懐かしそうに目を細めて、春蘭の頭を撫でた。

「お姉様は昔と変わらずお綺麗なので、すぐに気づきました」

「ふふ、口がうまいわね。岱輿山は時を統べる麒神様が管理されているから、ここにいる限り、時が止まったかのように容姿が変わらないのよ」

つまりは老化しないのである。それ故、尹圭が嫁いだのは十年も前になるが、姿は当時のままであった。

かつてここで暮らしたことがある春蘭ももちろんそのことは承知している。

「でも意外だわ。あなたは幼いながらも、物覚えがよくて、裁縫の腕だってすでに年上の子たちより上手だったから、てっきり父上のお気に入りになると思っていたのに。まさか麒神様の花嫁に選ばれるなんてね」

「父上のお気に入りだなんて滅相もないです。私は、変わり者でしたので。それよりも、まさか、ここがこのようになっているとは……」

そう言って、春蘭はあたりを見渡した。

周りにいるのはどれもこれも美しい、年頃の女性たちだ。各々《おのおの》、椅子などに座って談笑しているが、春蘭のことに気づいた何人かが興味深そうにこちらを見ている。

間違いない、彼女たちは春蘭より前に花嫁として捧げられた公主たちだ。

つまり、ここ数百年頻繁に捧げられていた花嫁のほとんどが、ここで生きているということである。

本来なら、麒麟に花嫁を捧げる合図である宿命の黄星は数百年に一度しか流れないのに、ここ最近は十年に一度の頻度で流れた。

そのたびに公主を捧げてきた漸帝国だったが、誰ひとり捧げた花嫁は戻らず文も来ないので、みんな麒神に殺されているのではないかと噂されていた。

麒神のことをよく知る春蘭はそのようなことはないと信じてはいたが、しかしこうやって今まで捧げられていた公主たちが元気に暮らしている様子はそれはそれで予想外でもあった。

「びっくりしたでしょう？　もうすぐ朝議の時間だから、たまたま皆ここに集まっているのだけど、普段はそれぞれ与えられた宮にて過ごしてるのよ。でも、改めて見るとすごい人数よね。十年に一回ぐらい花嫁が増える上に、若い姿のまま。……言ったらここは、麒神様の後宮ね」

「麒神様の、後宮……」

楽しそうに談笑している声が聞こえる。誰かが琴でも弾いてるようで音色も。

若い娘が、ただひとりの男性のためにひとつの場所で過ごす。

まさしく、麒神の後宮であった。

「ですが、麒神様は人族とは違います。神様の御子はひとりしか生まれないと聞きます。花嫁をたくさん抱えていても、意味がないのではないでしょうか」

漸帝国にも皇帝の後宮がある。それは皇帝の血を絶やさぬようにたくさん子供を産み育てるためだ。

しかし五神山に住まう神々は、人とは違う。

神は、ひとりの子しか持つことができない。その子が存命である限り、新たな子は生まれないのだ。故に人族の皇帝のようにたくさんの妻を囲い込んだとしても、それに比例して子供が増えるわけではないのである。

春蘭は以前麒神から、かつてはより強い力を持つ子を欲して、今いる子を殺して新しい子を作ろうとする神もいたと聞いたことがある。

まさか、より強い子を求めてたくさんの女性を囲っているのだろうか。

嫌な考えが浮かんで春蘭は首を振る。

春蘭の知っている麒神はそのようなことはしない、絶対に。

「まあ、そうなのだけど。残念ながら、麒神様は私たちに興味がなくて、ずっと放置されているのよ。肝心の子供を授かれない。だから、宿命の星が流れ落ちて、そのたびに花嫁だけが増えていくの」

色々考えていたが、思ってもみないことを言われて春蘭は目を見開いた。

「放置……？　誰もオウ……麒神様に会えないのですか？」

「残念だけど、ほとんどお会いできないわ。麒神様はずっと、屋敷の地下にある奥の宮にこもっていらっしゃる。たまに出てこられることもあるけれど、ここに来て十年も経つのにそれも指で数えられるほどよ」

「そんな……」

尹圭の説明に、春蘭は絶句した。

ここに花嫁として嫁ぐことさえできれば、すぐに会えると思っていた。

「そんなに不安そうな顔をしないで。慣れたら楽しいわ。身の回りのことは、麒神様の眷属たちがやってくれるから不便はないもの」

そう言って、騒ぐ娘たちを部屋の片隅で興味なさそうに見ているおかっぱ頭の少年たちを尹圭はちらりと見やる。時の精霊の少年たちだ。

やはり今も細々とした面倒事を請け負ってくれているようだが、今の春蘭はそれよりも麒神のことが気になってしょうがない。

「どうして……どうして麒神様は、地下にこもってしまっているのですか？」

「私も詳しくはないけれど、最初に嫁いでこられた花嫁のことが忘れられないのではないかって聞いたわ。確かその方の名前は……」

「春蘭……」

尹圭の話を遮るようにして春蘭は、そうつぶやく。

「そう、偶然ね。あなたと同じ、春蘭様よ。最初に嫁いでこられて、ご病気で亡くなったみたいで。麒神様は、まだ最初の奥様のことを忘れられないのですって」

「………」

言葉が出てこなかった。

いや、まったく予想していなかったわけではないが、それでも衝撃は大きかった。春蘭の前世の名も、また春蘭だった。そして前世の春蘭は、尹圭の言う最初の花嫁である。

じわりと嫌な汗が流れるのを感じた。

三百年、ひとりで地下にこもっていた麒神がどんな気持ちでいるのかを考えただけで胸が苦しい。

「ねえ、今日新しい花嫁が来たって聞いたけど、あなた!?」

気の強そうな声が突然割って入ってきた。

カツカツと靴音を鳴らしてこちらに歩いてくる。

切れ長の目をして、遠目から見てもとびきりの美女だとわかった。

薄水色の襦裙に赤金色の金魚が刺繍《ししゅう》されていて、その金魚と同じ色の紅を引いた唇は綺麗で、艶《つや》っぽい。

その美女が、春蘭を見つけると少し目を見張ってから口を開く。

「あなたが、麒神様の新しい花嫁ね」

美女はまじまじと春蘭を値踏みするように見る。そして見下したように片方の口角を上げると、大きな胸を張った。

「ずいぶん、凡庸《ぼんよう》な娘が来たわね。やはり、私が最も美しいわ」

春蘭にとっては大変に失礼な言葉だったが、確かに本人が言うように美しい女性だった。自分で自分を美しいと評するのも納得するだけの華やかさがある。

「まあ、明玉《みんぎょく》様、新しく来たばかりのかわいい妹に対してその態度はどうかしら」

「ふん、妹？　私がここに来たのは五十年も前よ。私の知ってる妹たちは、もうとっくに死んでるか、年をとってるわ」

「明玉様とおっしゃるのですね。私は、春蘭と申します」

「春蘭ですって？」

なぜかキリッと眉を怒らせて強い口調で尋ね返されたので、思わず目を見張る。

「春蘭が誰の名前かわかって言ってるの？　麒神様の最初の花嫁の名前よ！　麒神様の興味を引くために偽名を使ったんじゃないでしょうね？」

戸惑っていると、尹圭がかばうように前に出てくれた。

「偽名ではありませんよ。この子の幼い頃を知る私が証人です」

「……ふーん、まあいいわ。まあ、名前が同じでも、その顔ではご関心は引けなさそうだものね」

「明玉様、あなたという人は」

尹圭は呆れた顔で諫《いさ》めるが、当の本人である春蘭はそれほど気にしていなかった。

というのも、春蘭から見ても明玉は本当に華やかな見た目で、美しかった。

確かに明玉から見たら自分は凡庸なのかもしれないと、そんなことを呑気《のんき》に考える。

「あ、そうだわ、凡庸春蘭、あなた先日まで国にいたのでしょう？　三于《さんう》という男の名に覚えはないかしら？」

明玉が突然春蘭に話を振ってきた。

なんとなくだが、そのことが聞きたくて春蘭に声をかけてきたような気がした。

「明玉様ったら、あなたが国にいたのは五十年も前のことでしょう？　そんな昔の時代のあなたの知り合いを、春蘭が知るわけないじゃない」

尹圭は呆れたようにそう言うが、春蘭にはその名に覚えがあった。

「三于様というと、もしかして、お祖父様……先帝の時代に侍従長まで務めた柳《りゅう》家の三于様でしょうか？」

春蘭の言葉に明玉は目を見開いた。

「そ、そう！　柳家の……三于よ！　彼は……侍従長になったの!?　今は、今は生きていて!?」

春蘭の肩に掴《つか》みかかるようにして明玉が訴えてきた。その目がとても必死に見えて春蘭は戸惑いながらも、自分が見聞きしたことを口にする。

「残念ながら没しております。お祖父様が、つまりは先帝が刺客に狙われた際に、身代わりになったのだと、お祖父様から直接聞きました。その方の名が柳三于様で間違いございません」

　春蘭がそう答えると、尹圭も明玉も目を見張る。

「さすがは春蘭ね。一度聞いたことを覚えているなんて」

　尹圭が目をパチクリさせながら感心するように言うと、遅れて明玉も口を開いた。

「そ、そう、なの……」

　春蘭の答えに気が抜けたような返事をして明玉がだらりと腕を下ろす。

　放心したような様子に、春蘭は戸惑った。

「あの、明玉様……？　三于様とは……」

　春蘭の疑問の声に明玉はハッとしたように顔を上げる。そして、ばつが悪そうな顔をして横を向いた。

「別になんでもないわ。三于とは、ちょっと知り合いだっただけよ。へぇ、帝の盾《たて》になって死ぬなんて、あの男らしい無様な最期ね」

　早口で憎まれ口を叩《たた》く明玉に、尹圭が顔をしかめる。

「まあ、帝の盾になるなんて素晴らしいことよ。無様などではないわ」

「ふん、無様よ無様！　やられただけじゃない！　やり返してやればよかったのに！」

　明玉は強気な様子を取り戻していつも通りに振る舞おうとしているが、少しだけ目に潤むものがある。

三于というのは、明玉にとって大切な人だったのだろう。

明玉と尹圭の言い争いを聞きながら、春蘭がぼんやりそんなことを思っていると、明玉の着ている上衣にほつれを見つけた。赤金糸で刺繍された金魚の紋様から糸が出ている。しかもその飛び出した糸が絡まって塊《かたまり》になっていた。

せっかくの美しい上衣なのにもったいない。

「明玉様、あのそちらの金魚の刺繍が……」

そう言ってほつれを指摘すると、明玉は眉根を寄せた。

「嫌だわ。お気に入りの衣だったのに！　どこかで引っかけたのかしら」

「よろしければ、私が縫い直しましょうか。針なら持ち歩いてますので」

春蘭はさっと折り畳みの小さな裁縫道具を出した。

黄緑色の生地に、桃色や赤の糸で花を刺繍した、春蘭お手製の裁縫道具袋だ。

「できるの？　糸は持っていて？　これは特別な赤珊瑚《あかさんご》を溶かして染めた黄昏《たそがれ》色の金糸。普通の糸では代用できないわよ」

「問題ありません。こちらの糸をそのまま使いますので」

春蘭はそう言うと金魚の衣をそっと手に取って、飛び出して絡まった糸に触れる。

すると、触れた瞬間に糸はふわりと解け、その糸に針を通して縫い直していく。

「あら……やるじゃない」

思わずといった調子で、明玉の口から感嘆の声が漏れる。

あっという間にほつれて絡まっていた刺繍が元通りになっていた。

「固有道術のおかげで、お裁縫が得意なのです。『糸を解《ほぐ》す』という固有道術で、絡まる糸を解したりできます」

裁縫箱に針を戻しながら春蘭はそう説明した。

固有道術とは、神通力を持つ人の中に稀《まれ》に発現することがある特別な術。

基本的には神通力の有無は血筋に由来し、神を祖とする皇族の血縁、そしてその皇族と交わったことがある名門の貴族が有することが多い。

神通力を持っていれば、修行を経ることで様々な技を扱えるようになる。

頭に直接語りかけて言葉を伝える術、水上を浮く術、体を小さくする術、逆に大きくする術。

しかしこれらの強い力を得るためには、厳しい修行が必要になる。

神の血を引く皇族の娘たちは神通力を持ってはいるが、公主故に厳しい修行とは無縁だ。だから道術を使える者は少ない。

だが中には、生まれながらに固有の道術を身につけている場合がある。その力のことを、人々は固有道術と呼んでいた。

春蘭の言葉に尹圭の目が輝いた。

「すごいわ！　先ほど、ふっと糸が解れたのは固有道術の力なのね！」

素直に称賛の声をあげる尹圭とは違って、明玉はまた意地の悪そうな笑みを浮かべた。

「へえ、地味な固有道術があったものね。ま、礼は言っておくわ。私が、麒神様の御子を授かった際には、あなたには特別に私に仕える栄誉を与えてあげてもいいわよ」

「麒神様の御子を？」

「そう。今までは運が悪くてなかなか麒神様のお目に留まれなかったけれど、私を見れば麒神様は必ず愛してくださるわ。御子を授かればこの後宮も解散よ。他の女たちは、ここで私に仕える侍女になるか、追い出されるかのどちらかね」

「明玉様……あなたまたそんなこと言って、何十年経っても、ここにいるじゃない」

非難するように尹圭が言うも明玉は笑みを浮かべたまま。

「今度は大丈夫よ。私、とっておきの方法を思いついたのだから」

「とっておきの？」

と春蘭が尋ねた時、パンパン、と手を打つ音が聞こえた。

「さあ、皆さん！　集まって！　朝議の時間です！」

そして凛《りん》とした女性の声が響いた。

春蘭は、その声の主を見て目を見開く。

細身のすらりとした体型に、面長の顔。ここからはよく見えないが、おそらく頬にそばかすがある。

「純美《じゅんめい》……」

忘れるはずがない。

三百年前、前世の春蘭がこの山に嫁いできた時についてきてくれた侍女の姿だった。

「あら純美様を知ってるの？　彼女が、この麒神様の後宮に最も長くいらっしゃる方で、麒神様からの信頼も厚いのよ。この中で唯一、ひとりの宮を持ち、自由に麒神様とお会いできるの。後宮で例えるならば、正妃に最も近いお立場の方と言えるわね」

「そうなの……ですか……」

尹圭の説明を聞きながら、春蘭は呆然としていた。

まさか会えるとは思っていなかった。しかし、ここは時が止まったかのような岱輿山。純美があの頃の姿のままでいてもおかしくはない。

徐々に受け入れ始めた春蘭は懐かしさで嬉しくなって思わず目が潤む。

「なにが朝議よ……。古参だからって偉そうに……」

小声ではあったが、明玉のトゲのある声が落ちてきた。どうやら明玉は純美のことをよくは思っていないらしい。

他の妃たちが純美の呼びかけに応えて集まっていくので、春蘭も尹圭とともに純美のもとへと向かう。

「今日は、新しい麒神様の花嫁が来られたはず。挨拶してもらいたいわ」

純美の言葉に、尹圭が春蘭に視線を向けた。

春蘭は頷《うなず》くと前に出る。

純美を見た時は懐かしさに思わず抱きつきたい衝動に駆られたが、今はもう落ち着いた。さすがに突然、前世のことを語りだしたら、純美を困惑させるだけだろう。

だから春蘭は素知らぬふりをして、妃たちに顔を向けた。

「皆様、初めまして。新しくこちらに来ました春蘭にございます」

「春蘭……？」

純美からこぼれた怪訝そうな声に、春蘭がそちらを向くと、目が合った。

琥珀《こはく》色の瞳が懐かしい。

少し戸惑ったように見えた純美だったが、すぐに気を取り直して口を開いた。

「まあ、奇遇ですね。私がお仕えしていた奥様と同じ名前。それに、その紫の瞳の色も、奥様を思い出すわ」

純美はそう言って微笑を浮かべる。そして、しばらく春蘭を値踏みするように見ていたが、改めて笑顔を作ると口を開いた。

「ようこそ、麒神様の後宮へ。……ちゃんとお仕えするのよ」

春蘭が純美の言葉を聞いた直後に、カツンと靴音が鳴った。

「なにが、ちゃんとお仕えしなさいよ。ただの侍女として入ってきただけのくせに、正妻気取り？」

高飛車な声で純美に噛《か》みついたのは、明玉だった。腕を組み、顎《あご》を反らして見下すように純美を見ている。

「明玉様……」

咎《とが》めるように尹圭が名を呼ぶが、明玉はそれを鼻で笑った。

「あんたが、ちゃんと麒神様を私に引き合わせないから、まだ御子が生まれてないのよ。わかる？　あんたは私を恐れているの。私の美しさを見たら、麒神様が私の虜《とりこ》になると思ってね」

口の端を上げて勝ち誇った顔を純美に向ける。

しかし、当の純美は呆れたように息を吐き出した。

「なにを言うかと思えば……」

「お黙り！　麒神様が奥の宮から出てこないのは、あなたが隠してるからよ！　だって、私と麒神様が結ばれれば、あなたなんて用済みになるのだから！」

高らかに笑うように明玉が言えば、純美は苦々しい顔で睨《にら》みつける。

「あなたはなにもわかっていないわ。奥の宮にこもられているのは麒神様のご意志よ。

私がお仕えした奥様のことを今も偲《しの》んでいらっしゃるの。あなたは麒神様と会うことさえできれば恋に落ちるとお思いのようだけど、果たしてどうかしらね？　あなたは確かに綺麗ではあるけれど、麒神様が気にかけてくださるようには思えないわね。なにせなんだか雰囲気がとても下品なんだもの」

「なんですって……！」

ふーと鼻息を荒くして肩を怒らせる明玉だったが、すぐに呼吸を落ち着かせてまた強気な笑みを浮かべた。

「私ね、いい考えがあるのよ。麒神様とお会いすることさえできれば、私がここの頂点に立つのよ」

明玉は鼻で笑うと、颯爽《さっそう》と踵《きびす》を返した。カツカツと靴音を鳴らしてその場を去っていく。

「まったく、あの子といったら……」

純美はそう嘆くようにつぶやくと、パンパンと手を打ち鳴らして周りに顔を向けた。

騒然としていた朝議の間が一瞬で静まり返る。

「本日は解散します。新しい子に皆さん優しくしてあげてね」

純美はそう言い残して、ちらりと春蘭を見てから去っていった。

短い時間だったが、衝撃なことが色々あった。

純美がしっかり者になっている。

いや、昔からしっかりはしていたが、春蘭の知る純美はもっと、大人しい侍女だった。少しばかり臆病で、岱輿山に一緒に来た時も、花嫁である春蘭よりも怯えていた。

けれども、震えながらも一緒についてきてくれたとても優しい人。

それが、あんなふうに人と言い合えるようになっているなんて。

三百年の年月とは人が変わるには十分な時間らしい。

それにしても大きな問題に行き当たった。

「もしかして、岱輿山に来ても、麒神様とお会いすることができないということかしら？」

力なくそうつぶやくと、隣にいた尹圭が頷いた。

「そういうことよ。でもそう焦ることないわ。慣れればここの生活も楽しいわよ」

尹圭の言葉を聞きながら、春蘭は途方に暮れていた。

◆

春蘭が岱輿山にやってきてから数日が経過した。

しかし、目的だった旺殷との再会はいまだ叶っていない。

旺殷は屋敷の地下の部屋にこもっているという話だが、その地下へと続く扉を見つけられないでいた。

せっかくここまで来たのに会えない。

焦燥《しょうそう》と憂鬱《ゆううつ》で、ため息をつくことが多くなった頃、尹圭が声をかけてくれた。

元気のない春蘭のために、とっておきの場所を案内するとのことだった。

「とっておきの場所って、どういうところなのですか？」

板張りの廊下を進む尹圭の後ろをついていきながら、春蘭が尋ねる。

壁は白い土壁で、窓がないため薄暗い。灯りは手に持った灯籠《とうろう》の光のみ。

「ふふ、実は、隠し扉があるのよ」

特別に楽しい秘密を打ち明けるような口調で尹圭が言う。

隠し扉？と疑問に思いつつ、わけがわからないまま尹圭についていくと……。

「あ、ここよ。ここ。この扉の向こうに行くの」

と、尹圭が立ち止まって、白塗りの壁を示した。

この扉とは言うが、扉らしきものは見当たらない。

「ここですか？　なにもないように見えますが」

「ここをね……あ、ちょっと、待って！　足音が聞こえる」

急に尹圭が声を潜めて、たった今歩いてきた廊下に視線を向けた。

耳を澄《す》ませると、確かにコツコツと足音が聞こえてくる。

「どうしよう。純美様かも……。このままでは見つかってしまうわ」

尹圭が途端に焦りだしてあたりを見渡し、少し奥にある木造りの扉に目を留めた。

「一旦、向こうの部屋に隠れましょう！　ここにいるのを純美様に見られたら、少し面倒なことになるわ」

尹圭は戸惑う春蘭を引っ張って、奥の扉の中に入るとそっと扉を閉めた。

「あの、尹圭様、一体……」

「待って」

尹圭はそう言うと、右手の人差し指と親指をくっつけて、手で円を作った。

そしてその円を覗《のぞ》き込むような仕草をする。

「やっぱり、純美様だわ」

尹圭は壁に向かってそう言った。まるで壁の向こうの景色が見えるみたいに。

「尹圭様、なにか見えるのですか？」

「ええ。私、『透視』という固有道術を持っているの。隔《へだ》てるものがあっても透かして見ることができるのよ」

「透視……便利ですね」

春蘭が感心していると、尹圭があーあ、とため息をついた。

「……隠し扉の前に、純美様が立ち止まったわ。麒神様に会いに行くのね。せっかくここまで来たけれど、また日を改めた方がよさそうだわ」

尹圭がなんてことない様子で言ったので、春蘭は目を見開いた。

「麒神様？　え？　もしかして先ほどおっしゃっていた隠し扉の向こうに麒神様がいらっしゃるんですか!?」

思いのほか、大きな声になった。

尹圭はハッとして唇に左手の人差し指を立てる。

「あ、すみません……！」

春蘭は慌てて口に手をやった。

シーンと静まり返ったところで、コツコツコツという足音が近くに響いた。

「大丈夫、気づかれてないわ。春蘭、これ見て」

尹圭が小声で春蘭を呼び寄せて、右手で作った円を覗くようにと目線で示してきた。

春蘭は黙ったまま頷くと、人差し指と親指で作った穴を覗き込む。

円の中には、先ほどいた廊下が映り、そこに純美がいた。小さな灯りをひとつだけ持っている。

そして先ほど、尹圭が『この扉の向こうに行くの』と言った壁に右手を置く。

するとと純美が手を置いた場所を中心にして、白い土壁がサラサラと砂が落ちるような音を響かせて崩れていった。

壁の一角がすべて崩れると、金属の扉が現れる。隠し扉だ。なにかしらの術で隠されていたのだろう。

純美は迷うことなく扉を押し開くと、扉の向こう側へと消えていった。

扉が閉まったところで、先ほど落ちた砂がサーッと巻き上がるようにしてもとの土壁を作る。なにもかもが元通りだ。

思わず春蘭が唾を飲み込むと、尹圭がいたずらに成功した子供のような笑みを浮かべた。

「純美様が通った扉の向こうに、麒神様がいらっしゃる。もっと正確に言えば、麒神様がいらっしゃる宮に続く地下階段があるの。……でも実は私、その先に入ったことないのよね。なんだか、怖くて」

驚き戸惑う春蘭に尹圭がそう言った。

確かに、尹圭の気持ちもわかる。あの重たい扉の奥は、薄暗いここよりもさらに暗く見えた。

けれど、あの奥に行けば旺殷に会える。それは、春蘭の胸に希望を抱かせた。

「よかった。春蘭、元気になったみたいね」

ふと、優しげな声が降ってきて顔を上げると、ニコニコと笑ってこちらを見ている尹圭がいた。

「理由はわからないけれど、麒神様にお会いしたいのでしょう？　私が案内できるのはここまでだけれど、応援しているわ。あなたなら、頑なな麒神様のお心を解せるかもしれない」

「尹圭様……」

「ふふ、でもこの扉のことは秘密よ。私の固有道術で見つけてしまった扉だから。知っている人も少ないの。今のところあなたと、明玉様ぐらいね」

「明玉様もご存じなのですか？」

「ええ。麒神様の居場所を知りたいから教えてと強く言われて、伝えたわ。でも、彼女、会えさえすれば麒神様の心を射止められるって自信満々だけど、うまくいく気がしないのよね」

　ぼやくようにつぶやく尹圭を不思議な気持ちで春蘭は見つめた。

「尹圭様は、誰かに麒神様の心を射止めてほしいと思っていらっしゃるのですか？」

「まあね。だって……このまま麒神様が引きこもっていたら、いつまでも神の御子は生まれず、私たちはずっとこの神山に囚《とら》われたままだもの。確かに環境は整ってるわ。衣食住には事欠かない。でも、それだけ。なんの変化も、希望もない。それって、なんだか虚しいだけでしょう？」

尹圭は、悲しそうな笑みを浮かべたままそう言った。

春蘭は初めて、この麒神の後宮と呼ぶことができる特異な状況のことを想った。

老いることもないまま、永遠に閉じ込められているのだ。

「あ、そうだわ！　春蘭、今いるこの部屋も初めてよね？」

春蘭が物思いに耽《ふけ》っていると、尹圭の明るい声がした。

尹圭は薄暗い室内がよく見えるようにと手元の灯りを掲げる。

そういえばこの部屋はなんだろうかと春蘭もあたりを見渡した。

室内には大きな棚が所狭しと並んでいる。なにかの倉庫だろうか。あまり人の出入りがないようで、埃《ほこり》っぽく少しカビ臭さもある。

春蘭が棚に近づいてみると、綺麗な黒塗りの箱が棚に並べられていた。

たくさんの箱、箱。その多くは両手を合わせたぐらいの大きさだが、中にはもっと大きなものもあるし、逆に片手ほどの小さなものもある。大きさはばらばらだが、どの箱にも金で文字が書かれていた。

なんとなしに部屋の奥に進みながら棚の箱を見ていくと、一際大きな箱が目に入る。ひと抱えほどある大きさだ。その箱には、『純美』と金の文字で書かれていた。

「この箱に刻まれているのは……人の名前ですか？」

「ええ、そうみたいなの。ここで暮らす花嫁全員分の箱があるの。多分、春蘭のものもあるはずよ。でも、なにが入っているのか知っている人はいないのよね。開けないように言われているし、私の『透視』でもモヤがかかって見えるだけで中身がわからなくて。……でも、噂では、この箱の中には特別な宝物が入っているらしいわよ」

「宝ですか？」

「そう。ここにいる花嫁たちの名前が刻まれているでしょう？　この箱の大きさは、麒神様の寵愛《ちょうあい》を示しているとか。そしてその寵愛に応じた褒美《ほうび》が箱にしまわれているという話よ」

「寵愛の大きさ……」

「そう、だから、麒神様の信頼が一番厚い純美様の名が刻まれた箱が大きいのですって」

尹圭の言葉に、春蘭は改めて目の前のひと抱えほどもある箱に目を向ける。

棚に並べられた箱の中で、明らかに一番大きい。

「春蘭、見て！　春蘭の箱を見つけたわ。まだ来たばかりだから小さいわね」

そう言って、尹圭が示してくれた箱を見た。

片手ですっぽり包めるぐらいの小さな箱。これが寵愛の大きさだというのなら、春蘭は麒神にまったく関心を持たれていないことになる。

少しだけ、不安がよぎった。

旺殷と会うことができれば、どうにかなると思っていた。あの前世の続きのような、愛し愛される日々が送れると信じていた。

だが、本当にそうだろうか。

春蘭は、自分の名前が刻まれた小さな箱を複雑な気持ちで眺めたのだった。


その夜。春蘭は、もやもやを抱えたまま寝台に転がることになった。

旺殷に、どうしても会いたかった。会えれば、あの頃の幸せに満ちた日々に戻れるのではないかと思っていた。

だが、実際に会って、拒絶されたら……。

なにせ、あれからすでに三百年が経過し、春蘭に至っては……まったくの別人に転生している。

目を瞑《つぶ》ると、最悪の未来が瞼《まぶた》に浮かんだ。

眠れない。

布団にくるまりながらうだうだと考え込んでいた春蘭だったが、しばらくして勢いよく上体を起こした。

「こんなの、私らしくないわ！　こんなに悩んで苦しむぐらいなら、当たって砕けろよ！」

悩みすぎて疲れた春蘭は、勢いよくそう宣言する。

先ほどまでうだうだしていたが、強い言葉で気持ちを口にしてみたら活力が湧いてきた。

「そうよ。そうだわ。もし旺殷様が拒否したら、その時悲しめばいいのよ。それにそれに、私は……旺殷様に会いたい」

会いたい。

一度そう言葉にすると、その思いが堰《せき》を切ったようにあふれ出す。

そうだ。ぐだぐだと色々考えてしまったが、春蘭はただただ麒神に会いたいだけだ。

前世で愛した夫に会いたい。それだけでいい。

一度気持ちが固まれば、春蘭は待っていられない性格だった。

寝台から降りると動きやすい服に着替える。

旺殷の居場所は知れているのだ。今から会いに行く。

信用してくれるかはわからないが、それでも、あなたの妻だった春蘭の生まれ変わりなのだと伝えよう。

あなたに会うために生まれ変わってここまで来たのだと。

春蘭は部屋を抜け出し、尹圭に案内された地下へと続く扉を目指した。

手元の灯りを頼りに進み、例の白壁の前にたどり着くと、そこに手を当てる。

すると、昼間見た時と同じように、壁の土がサラサラと崩れ落ちた。

そして現れた金属の重そうな扉を見て、春蘭は唾を飲み込んだ。

心臓の音がバクバクしている。

扉に手を伸ばすと、その指先が微《かす》かに震えていた。

怖い。だが、それでも……。

「女は度胸よ！」

春蘭はそう言い聞かせると、そのまま扉を押し開いた。

暗い。そしてひんやりとした空気が伝わってくる。

灯火を前に掲げてみると、少し先に階段が見えた。

春蘭は覚悟を決めると一歩一歩進み、階段を下りて地下へと向かう。

不思議なことに地下に近づくごとにあたりは明るくなってきた。

最初はただの岩壁だったが、その岩壁の一部が、光る水晶のようなものに変化していき、階段を下りきると壁はすべて光る水晶になっていた。

光はごく淡いものなのだが、壁一面を覆い尽くしているため、とても明るく感じられる。道術を使って光を発しているようだった。

幻想的な光に見惚《みと》れながら、板張りの床を踏みしめて進む。

すると静まり返ったその場所で、なにか話し声のようなものが微かに聞こえてきた。

誰かがいる。

よく見れば今歩いている廊下の先に両開きの扉があり、そこがうっすらと開いていた。

近づくにつれて先ほどの話し声が鮮明に聞こえてくる。

「麒神様！　ずっとお会いしとうございました！」

その艶めいた声を聞いて、春蘭はハッとした。

明玉の声だ。

間違いない、先日強烈な出会いを果たした彼女の声だ。

「どうしてなにも答えてくださらないのです？　私のことをお忘れですか？」

縋《すが》るような、明玉の声。

しかし、それに応じる声は聞こえてこない。

春蘭は、そっと扉の奥を覗き見る。

天井に吊《つ》り下げられている木枠の灯籠が、御簾《みす》のかかった寝台が置かれただけの殺風景な部屋を照らしていた。

最初に目に入ったのは、金魚の刺繍の衣をまとった明玉の姿。

必死になにかを訴えるような目を向けている。

その視線の先を追うと、旺殷がいた。

薄い絹紗のかかった寝台を背にして、どこか力ない様子で立っている。

久しぶりに、本当に久しぶりに見ることができた、かつての愛《いと》しい人の姿に思わず胸が詰まった。

以前と変わらぬ絹のような金色の長い髪に、冴え冴えとした濃青の瞳。

人間離れした美しさはあの時と変わらない。

だが……その姿は、春蘭が思い描いていた旺殿の姿からずいぶんとやつれていた。

もともと肌は白かったが、今は白を通り越して青白く、目の下にははっきりと隈《くま》があった。

そしてなによりも違うのはその表情。

以前は、いつも柔らかで優しげで、笑顔でいることの多い人だった。息をのむほど美しいのに、どこか素朴な印象があり、そばにいるとほっとするような温かい雰囲気をまとっていた。

それなのに、今目にした旺殿は、その頃の面影がない。

落ちくぼんだ目には、冷たさしか感じられず、表情という表情が抜け落ちたような顔をしている。

美しいが故に、まるで人形のようだった。

「……ここに勝手に入ることは禁じています」

春蘭が戸惑う中、旺殷が口を開いた。

人形ではなく生きているのだとわかってほっとしたのと、その声の冷たさに、また春蘭は戸惑う。

以前の旺殷は、もっとのんびりとした口調で、朗らかに話していた。

こんな人を突き放すような話し方は一度もしたことがない。

「ああ、麒神様、私がいない間にすっかりとやつれてしまって……。でも、もう大丈夫よ」

そう優しげに慈《いつく》しむように声をかけたのは、明玉だった。

その話しぶりに思わず春蘭は目を見張る。

それは旺殷も同じだったようで、わずかに眉を動かした。

「私に気づかなかったのも、無理ないわね。姿が変わってしまったから。でも、聞いて……麒神様、私よ、私が、春蘭よ。三百年前、あなたの妻だった春蘭よ！」

明玉が続けたその言葉に、春蘭は思わず声が出そうになって慌てて口を押さえる。

先ほどまで表情が抜け落ちていた旺殷の顔にも驚愕《きょうがく》の色が浮かぶ。

「春蘭……？」

旺殷は信じられないものを見るかのように目を見開いて明玉を凝視している。

扉の前で覗き見をしていた春蘭は、口を手で押さえながら小さく首を振った。

違う……彼女は春蘭ではない。

このまま飛び出して訴えるべきなのかと迷いながらも、当の春蘭は突然のことで体が動かない。

ただ見守るだけの春蘭の目の前で、自分こそがかつての麒神の妻だと、春蘭だと騙《かた》った明玉は、旺殷に向かって手を伸ばす。

「そうです。麒神様。あなたに会うために生まれ変わってきたのです！　今までずっと声をかけずにいてごめんなさい。先日、やっと前世のことを思い出したのです」

涙ながらに語る明玉は、春蘭から見ても美しかった。

美しいが、彼女は春蘭ではない。

「春蘭……」

旺殷は呆然とした様子でそう口にすると、微笑みを浮かべて明玉に近づく。

「ああ、愛しい人。お願い、早く抱きしめて、あの時のように」

そう言って明玉も旺殷のもとへ歩いていく。

抱き合える距離まで近づくと、旺殷が明玉の背中に手を回す。見つめ合うふたりは今にも唇が触れそうなほどだった。

うっとりとした表情で旺殷を見つめる明玉の赤く染まった頬に、旺殷が手を添える。

その様を見て春蘭は息が止まりそうだった。

違うと言いたいのに、声が出せない。ここから動けない。

「あ……麒神様……」

明玉の口から甘ったるい声が漏れる。

その声に誘われるように、旺殷の形のよい唇が弧を描いた。

「愚かな女が、春蘭の名を騙るな」

美しい旺殷の唇から漏れ出た言葉は冷たく、辛辣《しんらつ》だった。

先ほどまで微笑んでいたはずが、険しく明玉を睨みつけるようにして見据えている。

「え……？」

夢見心地といった表情だった明玉の顔が凍りついた。

そしてそれは春蘭も一緒だった。旺殷からこぼれた言葉の冷たさに驚きを隠せない。

「きゃあああ……！」

次の瞬間、旺殷と見つめ合っていたはずの明玉は、床に叩きつけられていた。

「な、なにを……！　麒神様……！　私は……あなたの愛する……！」

「黙れ！　その名を二度と言えぬようにその口を切り裂いてやろうか！」

空気が震えるほどの怒号が響いた。

自分が言われたわけでもないのに、春蘭は肩を震わせた。

床に転がされた明玉に至っては短い息をするのがやっとという様子で、唇を震わせて顔面を蒼白《そうはく》にさせている。

その明玉を、旺殷はひたすら冷たく睨みつけている。

春蘭は戸惑った。

春蘭の知る旺殷はひたすらに穏やかだった。なにをするにものんびりとして落ち着いていて、誰かに対して声を荒らげたところを一度も見たことがない。

春蘭が落ち込んでいたり、うまくいかないことばかりで憤っていると、そんな春蘭を優しく包み込んで安心させてくれる人だったのに。

「も、申し訳、あり……せん……お、お助け、くだ……」

明玉がなんとか途切れ途切れの謝罪の言葉を紡《つむ》ぐ。

しかしそれは逆に旺殷の怒りを買ったようだった。

「黙れと言ったのが、わからないのですか？」

旺殷は冷たい眼差しでそう言うと、長い爪の生えた手を明玉に伸ばす。

いけない、止めなくては。

混乱する頭の中で春蘭ははっきりとそう思った。

先ほどまで嘘《うそ》をついて旺殷に迫る明玉に憤りを抱いていたことも忘れて、春蘭は飛び出す。

明玉をかばうようにして旺殷の前に出ると、両手を広げた。

「旺殷様！　彼女は反省しております！　ここまでなさらなくてもよろしいではないですか！」

春蘭がそう言うと、突然現れた春蘭を見て戸惑うように旺殷が目を見張る。

相変わらず顔は険しいままだが、旺殷が動きを止めてくれたことに春蘭は内心ほっとしていた。

その旺殷が訝しげに春蘭を見やって口を開いた。

「お前は、誰です……？」

「……私は、先日こちらに嫁いできた、春蘭です」

春蘭が名乗ると、旺殷は忌々《いまいま》しいものを見るような目をして睨みつけた。

その眼差しの強さに、春蘭は息をのむ。

旺殷からこんな憎しみのこもった瞳で見られたのは、初めてだった。

「お前も、お前もですか……！　その名を容易《たやす》く騙るとは……！」

嘆きの声。怒りの表情には、なぜか痛々しいまでの悲しみが浮かんでいる。

「旺殷様……」

「麒神様！　どうされたのです!?」

春蘭が思わず旺殷の名を呼んだ時、女性の声が割って入ってきた。

この声は……そう思って、声のした方を見ると、思った通りの人がいた。

純美である。

純美は旺殷のそばまでやってくると、旺殷を支えるように胸に手を置いた。

「なにやら声が聞こえると思って来てみたのですが、これはどうなさったのですか？」

そう話しかけられ、旺殷は悔しそうに唇を噛みしめてうつむく。

「この者らが、春蘭の名を騙った……」

少し後悔を滲ませた声で旺殷がそうこぼすと、純美が振り返る。

そして、戸惑う春蘭と目線を合わせ、その後ろで床に尻をつけて啜《すす》り泣く明玉を見てから再び旺殷の方へと視線を戻した。

「申し訳ありませんでした。私の管理不足です。ですが、明玉はまだしも、こちらの新しい花嫁は本名を春蘭と申しますので、嘘をついたわけではないかと」

純美の弁解に、旺殷はハッとして春蘭を見た。そして少し気まずげに視線を逸らす。

「そうだったの、ですか……。声を荒らげて、すみません……」

消え入りそうな声でそう謝罪をこぼす。

先ほどまでの怒りに支配された旺殷とは別人のようだった。

「あ、あの、私……」

旺殷の痛々しい姿に、春蘭は気づけばそう声をかけていた。

しかし先の言葉が続かない。

前世のことを話すべきなのか。
だが、今この場でそのことを告げて、果たして信用してくれるだろうか。
ますます旺殷を混乱させてしまうのではないか。
不思議そうにこちらをうかがう旺殷の目には、あきらめの色が見える。
そしてその瞳のもっと奥に、絶望という名の陰りも。
この時、春蘭は初めて思い知った。
自分がかつて犯した罪を。
旺殷ひとりを残して、先に死んでしまった罪を。
胸が締めつけられたように痛くなった。
自分が死んだ後、旺殷はどんな思いでいただろうか。
旺殷が、どんなふうに過ごしていたのかは、今の憔悴《しょうすい》しきった姿を見れば明らかだ。
後悔してもしきれない。どうして自分は死んでしまったのか。
あの時、春蘭は子を身籠《みごも》っていた。その子とともに、春蘭は旺殷を置いていったのだ。
旺殷と過ごす毎日は穏やかで優しく、幸せの絶頂だった。
それなのに、二度繰り返しても、春蘭は死の運命を変えられなかった。

今でも春蘭はあの時のことを夢に見る。

お腹の子を守れなかったこと、愛しい旺殷をひとりにしてしまったこと。

「後のことは私が。麒神様はどうぞお休みになってください」

純美が旺殷を労るようにして背中を支える。

無気力な旺殷はそのまま促される形で御簾のかかった寝台へと向かった。

春蘭はかつての後悔が押し寄せてきて、まるで長年連れ添ってきた夫婦のようなふたりの背中をただ見送ることしかできなかった。

◆

岱輿山は広い。

麒神の花嫁たちが住まう屋敷の他にもいくつか建物がある。

その中で、ちょうど屋敷の陰になって陽光がまったく入らない、ジメジメとした場所があった。

その一角に建てられた小さな殿は、省悔殿《しょうかいでん》といって、いわゆる反省室だ。

滅多に使われないその殿に、人を訪ねて春蘭が足を踏み入れた。

省悔殿の中は昼間だというのに薄暗い。

中にあるのは、小さな文机と、なんの飾り気もない寝台ひとつ。

文机には、硯《すずり》と墨と筆が置かれていた。

そしてその文机に向かっていた女性が恨めしそうにこちらを見てきたので、春蘭は笑いかける。

「なによ、私を嘲笑《あざわら》いに来たわけ？」

嫌そうにそうこぼしたのは、省悔殿送りになった明玉だった。

髪が乱れてはいたが、最後に会った時よりも肌の色がよい。そのことに少しほっとして、春蘭は彼女のそばに腰を下ろした。

「純美様に様子を見に行ってほしいと言われて参りました。私も心配だったのでちょうどよいと思って」

「純美が？　ハッ！　自分で私を省悔殿送りにしておいて嫌な女」

明玉は吐き捨てるように言った。

「そんなことをおっしゃらないで。純美様のお立場的にはなにも罰しないわけにはいかないのでしょう」

「どうだか……。こんな薄暗いところに押し込めて、変な詩を渡されて、暗唱しろとか言ってきて……」

「けれど、純美様がいらっしゃらなければ、私も明玉様も危ないところでした」

「そう、そうね……。あのまま誰も止めてくれなかったら、殺されていたかも……」

「こ、殺す!?　さすがに、そこまでのことは……」

旺殷が人を殺すなど、ないと思いたい。しかしあの時の旺殷の変わりようを見ると、完全に否定できないようにも感じてしまう。

「あなたは知らないでしょうけれど、たまに、ここにいる花嫁が消えることがあるのよ。もしかしたら、麒神様に殺されたのではないかしら……」

「そんな……！」

記憶の中の優しげな旺殷が頭をよぎる。

そんなこと、きっとない。

儚《はかな》げで、穏やかな旺殷を知る春蘭は首を振る。

「それにしても、あなた、よくあそこで割って入ってきたわね。……助かったわ」

明玉の言葉に春蘭はハッと顔を上げる。

薄暗い中でもはっきりとわかるぐらい明玉は顔を赤くさせていた。

春蘭は思わず目を見開く。

付き合いは正直長くないが、それでもこんなふうに素直に感謝を示す人には見えなかったので驚いたのだ。

「な、なによ。私が、感謝するのが意外？」

「あ、いえ、そういうわけでは……」

実際意外に思って戸惑ったのだが、それを素直に言うのは失礼のような気がして言葉を濁す。

しかし、春蘭の考えなど明玉にはお見通しのようだった。

「別に責めてないわよ。私だって、こんなこと言うなんてらしくないって思ってるんだから」

そう言って笑み浮かべた明玉は、すぐに顔を翳《かげ》らせた。

「麒神様にはずいぶん嫌われたわね。自業自得だけど……」

おそらく春蘭の名を騙って旺殷の気を引こうとしたことを言っているのだろう。

「その……それほど麒神様の、妻になりたかったのですか？」

春蘭が恐る恐るそう尋ねると、明玉は軽く肩を竦《すく》めた。

「そりゃあね。なんといってもあの整ったお顔が好きよ。初めて見たその瞬間に恋に落ちたんだから」

「ああ、わかりますわかります」

春蘭は話を聞きながらうんうんと頷く。

春蘭も前世で初めて旺殷に会った時には恋に落ちていた。

そして旺殷のことを知るにつれて、もっと好きになっていった。

「それに……」

春蘭が前世のことを思い出して懐かしい気分になっていると、明玉が少し気落ちしたふうに話を続ける。

「定期的に新しい花嫁が来るのも不毛でしょう？　麒神様の世継ぎが生まれない限り、この不毛な婚姻が続くのよ……。花嫁として捧げられなかったら、愛する人と一緒になって子供をもうけて、家庭を作って……そんな未来だってあったかもしれないのに」

「明玉様……」

そう、確かに不毛なのだ。

尹圭も以前同じようなことを言っていた。

麒神が妻を娶《めと》らず、御子をもうけない限り、ずっと花嫁が岱輿山に運ばれる。この不毛な婚姻がずっと続くのだ。

「ま、けど、私はもうだめそうね。麒神様に嫌われただろうし、私も……」

そう言って、明玉は自分の腕を抱く。微かに指先が震えていた。先日のことを思い出したのだろう。先に続く言葉をのみ込んだが、おそらくは『恐ろしい』と言おうとしたのかもしれない。

しかし、明玉は気丈にもどうにか笑顔を作って春蘭を見た。

「情けないわね。私はあなたよりも五十年は長く生きているというのに。まあ、いいわ。私はこの通り美しいのだから、麒神様だって、そのうち私の魅力に気づくはずよ」

「……そうですね」

明玉が強がりでそう言っているのはわかっていたが春蘭は頷く。

「今日は来てくれて感謝するわ。少しは気が紛れたわね。純美には暇でしょうから詩を詠めなんて、いわ……グッ」

「明玉様!?」

明玉が突然喉元を押さえて前に倒れ込んだ。

「は、いき、息が……ッ！」

そう言ってうずくまるようにして浅い呼吸を繰り返す。

春蘭はとっさに彼女の背中を撫でた。

「明玉様、どうされたのですか!?」

彼女の顔色を見て、思わず息をのんだ。

明玉の苦しそうな青白い顔にも衝撃を受けたがそれよりも、その左頬に浮かび上がった椿《つばき》の花の形をした赤いあざに目を奪われる。

春蘭はこの赤い花形のあざをかつて見たことがあった。

といっても直接ではなく、泣きそうな顔で春蘭を見つめていた旺殷の瞳に映っていたのを見ただけだ。

それは前世の春蘭の死に際に浮かんだあざと同じ形。

旺殷はそれを見て、『呪い』だと言った。

前世の春蘭は、突然左頬に椿の花の赤いあざが浮かび上がり、息が苦しくなって旺殷に抱かれながら死んだのだ。

「明玉様！　明玉様！」

春蘭は明玉を抱えるようにして必死に名を呼ぶが、明玉は苦しそうに微かに呼吸するだけで、なにも答えない。どんどん顔色が悪くなる。

「あ、あ……三テ、三テ……会いた、かった……。私、あなたに嫁ぐのだとずっと思って……」

うわ言のように明玉がなにかを言う。

三テというのは、出会った時に明玉が春蘭に尋ねてきた男の名だ。

麒神に嫁ぐ前に好いた男だったのだろうか。

明玉の目は虚ろになって、焦点が定まっていない。

なにかを掴み取ろうと右手を上げる。

「明玉様、気を確かに！」

春蘭は泣きながら叫ぶが、その声も虚しく明玉の瞼が閉じた。

「三テ……」

伸ばされた右手がパタリと下に落ちる。

「明玉様……！」

もう明玉は息をしていなかった。

青白い左頬に浮かんだ赤いあざが鮮やかなほどにくっきりと浮かんで見える。

「なんで、なんで、明玉様が……。それに私と同じ呪いが……」

突然の出来事に、春蘭の頭は追いつかない。先ほどからずっと心臓がバクバクしている。

「そうだ、誰かに言わないと……。今からでも助かる方法が……」

自分を落ち着かせるためにもそうつぶやいて、抱いていた明玉をそっと床に寝かせた。

すると、はらりと明玉の袖から一枚の紙が落ちてきた。

その紙には詩のようなものが書かれている。

『赤い花、赤い花、誰そ彼の待ち人よ。

赤い花、赤い花、詠うと花咲く赤の色。

赤い花、赤い花、咲くは二日後天中に』

「この詩、見たことがある……」

春蘭は詩の書かれた紙を見ながら、呆然とつぶやいた。

間違いない、前世で同じような詩を春蘭は目にしたことがある。

唯一違うのは、最後の『咲くは二日後天中に』の部分。

この詩のことはよく覚えている。

妊娠して、あまり外に出られなくなった春蘭の慰《なぐさ》めにと、〝彼女〟が作ったと言って渡してくれた詩。

忘れるはずがない。そもそも、春蘭は忘れようもないのだ。

今の春蘭は、本来ならひとりにひとつしか持てない固有道術をふたつ有している。

ひとつは、『糸を解す』という裁縫などに使える程度の力。

そしてもうひとつの固有道術は『忘れない』。

それは前世の春蘭が保有していたもので、生まれ変わった今も引き継がれている。

どんな些細《ささい》なことでも忘れない。忘れることができない。

故に、こうして生まれ変わっても、前世の記憶を保持している。

——ガタン。

薄暗い部屋に陽の光が入った。扉が突然開かれたのだ。

春蘭は思わずまぶしさに目をすがめ、しかし突然の来訪者を見るために手で庇《ひさし》を作って顔を上げる。

そこにいたのは、先ほど春蘭が思い描いた人物。

「まあ、これは一体、どういうことなの!?」

口元を手で隠して驚いた様子を見せる、純美だった。

春蘭はまとまらない頭で、過去のことを、前世のことを思い返していた。

第二章　前世の章・麒神の花嫁

数百年ぶりに、黄色の流れ星が流れた。

それは、時を統べる霊獣、麒麟と人をつなぐ宿命の星。

その宿命の星が流れたために、漸帝国の皇帝は、公主をひとり、麒神の花嫁として捧げることとなった。

その花嫁の名は、春蘭。

本来、春蘭のひとつ上の異母姉が花嫁として捧げられることになっていたのだが、姉にはすでに好いた人がいた。

夜な夜な人知れず涙を流す姉のために、春蘭は自ら花嫁になることを決めた。

姉と違って、特に好いた人も、将来を約束した人もいないのだ。

自分みたいなのが、ちょうどいい。

そうして、春蘭は特別な船に乗って渤海を渡り、麒神の花嫁として五神山のひとつ岱輿山にたどり着いた。

岱輿山の浜辺に降り立つと、春蘭は周りの景色を物珍しそうに見ながら浜を歩く。

真っ白な砂浜に、所々落ちている宝石のような貝殻。波打つ濃紺の海。

なにもかもが美しい。

着用している赤の花嫁衣装に砂がつくのも気にせずに、春蘭はしゃがみ込んで両手で砂をすくい上げる。

指の隙間から星屑《ほしくず》のような白い砂がサラサラと落ちてきて、その感触が気持ちいい。

「しゅ、春蘭様は怖くないのですか？」

春蘭の後ろを先ほどから、怯えるように腕を抱きながら歩く侍女がそう声をかけてきた。

侍女の純美だ。

そばかすを浮かせた肌を青白くさせ、周りをキョロキョロと警戒するように見ながら、本来はすっと高いはずの背を丸めている。

春蘭はすくい上げた砂をすべて落として、腰を上げると振り返った。

「純美、だって、ここ、すごく綺麗なところでしょう？　私ね、砂浜を歩くのなんて、初めてなのよ！」

春蘭はそう言うと、怯える純美とは対照的に、まるで踊るように軽やかに駆けていく。公主にあるまじき振る舞いだが、もう春蘭は公主ではないのだ。

純美は、主人の奔放《ほんぽう》な姿をどこか途方に暮れたように見守る。

「それにね、純美」

そんな侍女に春蘭はそう声をかけると、ふっと花が綻ぶような笑みを見せた。

「あなたが一緒についてきてくれるから、怖くないのよ。一緒に来てくれてありがとう」

公主である春蘭には何人もの侍女がいた。だが、岱輿山までついてきてくれたのは、純美だけ。

誰もがよく仕えてくれたし、優しくしてくれたが、それは春蘭が公主であったから。そう言われた気がした。

神とはいえ、人外の存在に嫁ぐことになった娘にはもう興味がないのだろう。

それが少し寂しくもあり、それでもついてきてくれた者がひとりでもいてくれることが嬉しかった。

春蘭の素直なその言葉に純美は、照れたような笑みを見せる。

「春蘭様は、誰かが見張っていませんと、ふらふらとどこかに行ってしまいそうですから」

「ふふ、まあ、そんなことないのよ。でも、それもおもしろそうだわ。どうする？　このまま麒神様のもとには行かずに、ふたりで砂浜を駆けてどこかへ行ってしまう？」

春蘭はそう言うや否や駆けだしていた。

純美は、「春蘭様……！」と声をかけるも春蘭の足は止まらない。

濃紺の渤海を見ながら、春蘭は軽やかに砂浜を駆ける。

国にいた時はこんなふうに駆け回ることなどできなかった。

ここは自由だ。そう感じる。

心地よい風を感じながら進むと、大きな岩が見えた。人ひとり余裕で隠れられそうなほどの大岩だ。

春蘭はちらりと振り返り、必死に追いかけてくる純美を見た。

この岩の裏に隠れて純美を待とうか。そして彼女が来たら驚かすのだ。

春蘭の中でいたずら心が芽生えた。

岩めがけて駆けだし、そして純美から隠れるように岩の裏に回り込むと……。

隠れようと思った場所にはすでに先客がいた。

「きゃ……！」

勢いよくぶつかってしまった春蘭は、地面に尻餅をつける。

「いたた。すみません、私……」

強《したた》かに尻を打ちつけて、顔をしかめながらも、ぶつかってしまった相手に声をかけて顔を上げる。

そして思わず固まった。

心配そうに、申し訳なさそうにこちらを覗き込む相手が、あまりにも美しかったのだ。

「いえ、こちらこそ……申し訳ありません」

低い、男の声だった。

少しうねりのある長い金髪を背中に流し、心配そうに覗き込む瞳の濃青は渤海よりも深く美しい。

「だ、大丈夫でしょうか?」

まるで時が止まったかのように魅入っていた春蘭に、男がそう声をかける。

筋張った手が、目の前に差し出された。

「す、すみません、私……!」

ハッとして、差し出された手に、自分の手を重ねる。

「あの、あなたはどなた様なのでしょうか?」

ここは、神が住まう五神山のひとつ、岱輿山だ。

こんなところにただの人がいるというのは、考えにくい。

麒神様の召使いかなにかだろうかと、そう思った春蘭の問いかけに、男は困ったように目を彷徨《さまよ》わせた。そしてなぜか恥ずかしそうに、視線を下に逸らす。

「……あなたの……です」

「え?　なんですか?」

男の声は小さくてよく聞こえなかった。

春蘭が思わず聞き返すと、男は意を決したように春蘭を見た。

「私は……岱輿山の主、麒麟の旺殷と申します。あなたの、夫です」

「で、では、あ、あなた様が、麒神様?」

春蘭が聞き返すと、旺殷は気恥ずかしげに頷いた。

思わず春蘭は目を見張る。

しかし、旺殷と名乗った男の美しさはまさしく人間離れしていて、神だと言われれば思わず納得してしまいそうな雰囲気はある。

だがそれと同じくらい、少し頬を赤らめて緊張している様子は、どこにでもいそうな純朴な少年のようにも感じられた。

「あの、私、麒神様は……麒麟と呼ばれる神獣であられると聞いておりましたので、そのような……人のような姿をされているとは、思ってもいませんでした」

春蘭はまじまじと旺殷を見ながらそう言った。

麒麟とは、金の鱗に長い鬣を持つ、四つ足の馬のような姿形をしたとても美しい神獣だと聞いていたのだ。

「麒麟の姿もとれますが……こちらの姿の方が暮らしやすいですし、あなたにも、その方がよいかと思ったのです」

人の姿でいたのは、花嫁である春蘭のためらしい。

その理由を聞いて、神である旺殷の存在になんとなく親しみを感じた。

春蘭は麒神に嫁ぐことについてそれほど悲観していたわけではないが、それでも思うところはあった。

でも、優しそうな彼なら、旺殷となら、存外に幸せな婚姻生活が送れるかもしれない。

しかし、一点気になることが。

「それにしても、どうして、こちらに？　この岩になにかあるのですか？」

そう言って春蘭は岩を見上げる。

まるで岩の裏に隠れていたように見えて不思議に思ったのだ。

「……実は、あなたを迎えに来ていたのだが、なんと声をかければいいかわからず……隠れてしまいました」

「か、隠れていらしたのですか？　お好きなように声をかけてくださればよかったのに」

「……すみません」

やはり気恥ずかしそうにして、なぜか謝罪を口にする旺殷に、春蘭は思わず頬を緩めた。

見た目は神々しいほどに美しく、近寄りにくそうですらあるのに、紡ぐ言葉はどこかかわいらしい。

春蘭は少しだけ気恥ずかしくなった。

まだ会ったばかりなのに、もう旺殷のことを愛しく感じ始めていた。

それは旺殷が相手だからなのか、それとも単に春蘭が惚《ほ》れっぽいからなのか。

今まで初恋も経験しないまま育った春蘭にはわからなかったが、確かな胸の高鳴りを感じた。

「春蘭様！　どうかなされたのですか!?　先ほどお声が聞こえて……あ、あなたは何者ですか!?」

ようやく純美が追いついたようだった。

そして春蘭に声をかけると同時に、旺殷に気づいて警戒するような声をあげる。

「純美、落ち着いて！　違うの、この方は……この方が、私の夫である麒神様……旺殷様なの」

「え、麒神……様？」

そう言って純美は目を丸くさせて旺殷を見上げる。

春蘭と同じように時が止まったかのように旺殷に魅入っているのが、春蘭には手にとるようにわかった。

気持ちはわかる。本当に美しいのだ。心の美しさが、外側にも表れたような柔らかい雰囲気が漂っている。

衝撃を隠しきれないといった様子の純美に、春蘭は思わず笑みを浮かべると旺殷に向き合った。

「麒神様、いいえ、旺殷様。これからいつ久しくよろしくお願いしますね」

春蘭がそう笑いかけると、少し緊張した面持ちだった旺殷もつられるように微笑みを浮かべて頷いた。

◆

その日、岱輿山の主である麒神の旺殷は、人族の国に面した浜辺に来ていた。

目の前に広がる濃紺の渤海の上に小さな船が見えて、旺殷は不安そうに瞳を揺らす。

あの船に、花嫁が乗っている。己の花嫁。

旺殷はその迎えのために足を運んだというのに、実際に船がやってくると己の気持ちがざわつくのを感じた。

正直に言えば、旺殷はあまりこの婚姻が嬉しくない。

旺殷の父はずいぶん前に奥の国に還《かえ》っていた。

奥の国とは、魂《たましい》が疲弊した神が最後に訪れる場所。

神は不死ではあるが、力の酷使、配偶者の死、様々な要因で魂は疲弊する。その魂を癒《いや》すために、奥の国で安らかな眠りにつくのだ。

一度そこに行ってしまえば神でさえもう現世には還ってこられない。つまりそれは人で言うところの死のような場所。

旺殷の父がその奥の国に還ってからというもの、ずっと眷属たちと静かに暮らしていた。

だというのに、突然よく知りもしない何者かが自分の領域にやってくる。

しかもその人は自分の妻なのだという。

その変化は旺殷にとって恐怖でしかなかった。

今までの安定した——今思えばどこか物足りない——生活が脅かされるかもしれないという恐怖にかられて、嫌なことばかり考えていた。

そしてそれ以上に、見知らぬ神の土地でよく知らぬ者に嫁がねばならぬ宿命を背負った人の子に申し訳なかった。

だから旺殷は変化を厭《いと》う心をどうにか押し込めて、せめてその人の子が、穏やかに安らかな日々を過ごせるように心を砕こうと決めていた。

まずは笑顔で迎え入れよう。恐がらないように優しく。

花嫁が、悲しい思いをしないように無理強いもしない。

己の花嫁としての務めを強制することはしないようにしよう。

極力最初は、触れない方がよいだろう。むしろ、あまり気軽に会うことも慣れるまでは控えるべきだ。

人の子が、長い時の中でゆっくりと岱輿山の暮らしに慣れていくように見守ろう。

旺殷が、慈愛の心で人の子を迎える心の準備をしていると、先ほどは小さく見えた船が近づいてきた。

唯一渤海を渡り、神の住まう地までたどり着くことができる箱船は黄金樹で造られ、輝かんばかりだが飾り気はない。

その船の中に赤い花嫁衣装を着た女性が見えた。ゆっくりと潮に乗って近づいてくる船を眺めながら、彼女が己の花嫁だろうかと思った。

黒く長い髪の一部を高く結い上げて、その紫の瞳と同じ色の髪飾りをつけていた。

神の子を産むという務めのためだけに嫁いでくる女性。

きっと悲観に暮れた、悲しげな表情をしているに違いないと思っていたが、その者は楽しげに笑みを浮かべていて、それだけで少し旺殷は救われた思いがした。

しかし、表面上は笑顔でも心の内はわからない。

相手は見知らぬ土地の見知らぬ男、しかも人ですらないのだ。

やってくる花嫁は、神の力を残すための生贄のようなもの。

そうこうしていると、船が浜辺に乗り上げた。花嫁の侍女らしき者が、降りるための簡易な足場を準備し始める。

とうとう花嫁が岱輿山に降り立つ。

旺殷は、花嫁が少しでも安心できるように笑みを浮かべた。そして彼女のもとに向かおうと足を進める。

今は健気にも明るく振る舞ってはいるが、おそらく船から降りるのに、多少は躊躇《ちゅうちょ》するだろう。

初めての土地なのだ。当然だ。

だから、せめて己が優しく声をかけて……と思っていたのだが、裾の長い花嫁衣装を着た女性は、ひょいと小動物が飛び跳ねるような軽やかさで、ひとりで降り立った。

その身軽さに、思わず旺殷の足が止まる。

しばらくあっけに取られて見ていると、彼女は楽しそうにまっさらな白い砂浜の上を駆け始めた。

黒々とした長い髪が風にたなびく披帛《ひはく》のように揺らめいて、彼女の軽い足取りに合わせて弧を描いて舞う。

薄絹で仕立てられた赤の衣装も、彼女の動きに合わせてしゃなりしゃなりと揺れている。

彼女の紫の瞳は、陽の光に照らされたからか、それともその心の美しさから滲みでたものか、よく磨かれた玉のように輝いて、旺殷はまるで時が止まったかのように魅せられて視線を外せなかった。

しばし呆然として魅入っていた旺殷は、遅れて思い出す。

この美しい女性が、自分の花嫁であるということに。

そのことに気づいた旺殷は、少しも平静ではいられなかった。

呼吸が浅くなり、無駄に鼓動が速くなる。

長い時の中で穏やかに生きてきた旺殷がこのような胸の苦しみを感じたのは初めてで、思わず……岩陰に隠れた。

彼女から身を隠し、どうにか呼吸を整える。

自分の心がこれほど乱されるのは初めてだった。

花嫁が怖がらないように、極力触れないで過ごそうと思っていたのに、一目見ただけであの柔らかな頬に触れたくなった。

あの紫の瞳で見つめてほしいという欲が湧いてくる。

先ほどまでの余裕はどこにもなく、どうすればいいのか、彼女の前でどう振る舞えばいいのかわからない。

岩陰に隠れながら必死で胸の鼓動を落ち着かせようとしていたところに、花嫁は唐突に旺殷の前にやってきた。

華奢《きゃしゃ》な彼女の体が、旺殷にぶつかり、尻餅をつく。

旺殷はとっさに手を差し伸べ、声をかけた。

そこまではよかったのに、彼女に何者かと尋ねられてつい口にしてしまった。

「私は……岱輿山の主、麒麟の旺殷と申します。あなたの、夫です」

心細い思いをしているであろう人の子に、花嫁としての義務を押しつけないようにしようと誓っていたはずなのに、よりにもよって『あなたの夫』だと言って……。

己の至らなさに旺殷はほとほと呆れかえり、花嫁が不快に思っていないだろうかと不安を感じる。

変化の乏しい岱輿山の生活しか知らない旺殷にとって、花嫁の、春蘭との出会いは、あまりにも衝撃的なものだった。


花嫁を迎えた旺殷の日々は、以前とは明らかに変わった。

いや、やることはさほど変わらない。

朝起きて身支度をし、岱輿山の手入れをし、務めである時の流れを監視し、空いた時間に絵を描く。

今までと明らかに違うのは、時折花嫁である春蘭と過ごすことになった、それだけだ。

だが、心の内のざわめきようは、以前の比ではない。

春蘭のことを考えると、いつも落ち着かなかった。

このせわしない心持ちは旺殷にとっては異常事態だった。

「私は、病気なのでしょうか……」

趣味である絵を描きながら、旺殷はそうつぶやき、ため息を吐き出した。

旺殷が主に過ごす部屋の壁には、全面赤い夕陽に照らされたすすき野原の絵が描かれていた。今にも風に揺れださんばかりのすすき野原が、温かな印象を与える。

この絵は旺殷が描いたもので、部屋には他にも自ら描いた絵画を何枚か飾っていた。

絵の多くは植物画だ。この岱輿山に生息する植物が描かれている。

しかし今、旺殷が筆をとって向かい合っている絵は、植物ではなかった。

紫の瞳をした、黒髪の女性がこちらを振り返っている。

春蘭の絵だった。

春蘭が現れてから、彼女のことばかりを考えてしまう。

そうなると自然と筆も彼女の輪郭《りんかく》ばかりをなぞるのだ。

「旺殷様は、ご病気ではありませんのでご安心ください。そもそも神は病気にかかりませんせん」

旺殷のつぶやきに反応したのは、己の眷属である精霊だった。

つんと突き放すような言葉を投げかけられて、旺殷は肩を落とす。

金色のおかっぱ頭に金色の瞳、すんとした表情のない少年の姿をした精霊は、旺殷やその家族の身の回りの世話をするために作られた存在だ。

彼らが必要だと思う数だけ、彼ら自身が旺殷の神気をもとに分裂して数を増やす。確か現在は、三十ほどが岱輿山で過ごしているはずだ。

そしてその精霊は感情に乏しく、主人である旺殷が落ち込んでいる素振りを示しても、特にそれを励まそうとか元気づけようという発想はない。常に淡々としている。

「もう少し、温かい言葉をかけてくれてもいいのですよ」

力なく旺殷がそうつぶやくと、そばにいた精霊は少し首を傾《かし》げてから口を開いた。

「卵を温める鵞鳥《がちょう》の羽毛の中」

「それは確かに暖かそうですね……」

噛み合わない会話に、さらに項垂《うなだ》れた。

精霊に悪気はないのだ。わかっている。

ふうと改めて息を吐き出すと、目の前の春蘭の絵を見た。

絵の中の春蘭は、あの愛らしい笑みを向けてくれる。

最初は戸惑うばかりの春蘭との出会いだったが、しばらく時が経過した今となっては、少しだけあの時の気持ちを理解しつつあった。

おそらく旺殷は……。

「恋を、したのでしょうね。しかも一目惚れというやつです……」

旺殷は苦々しくそうつぶやく。

恋、一目惚れ。それらは知識としては知っていた。

旺殷の父が、教えてくれた。

旺殷の父もまた母と出会った時に恋に落ちたのだという。

恋に落ちる瞬間ほど、幸せな時はないとすら言い切った父の顔を思い出して、旺殷は眉根を寄せる。

まさか自分が、父と同じように人と恋に落ちるとは思っていなかった。

こんなはずではなかった。人を愛するつもりはなかったのに。

いや、愛そうとは思っていたが、それは人の子を見守るような穏やかな愛であって、こんなに激しいものだとは思いもしなかったのだ。

彼女を前にすると平静でいられなくなる。

もっと触れて、もっと見つめて、もっと深くまでつながりたい。

「旺殷様、そろそろ逢瀬《おうせ》の時間です」

精霊の呼びかけに、ハッと顔を上げる。

春蘭とは、彼女が昼餉《ひるげ》をとる時だけ一緒にいようと旺殷は決めていた。

そうでないと、彼女の負担も省みずにいつまでもずっと彼女といたくなってしまうから。

旺殷が、春蘭のもとに行くと、彼女はいつも嬉しそうに笑みを浮かべてくれる。

それはまるで、春蘭もまた旺殷のことを好いているかのようで、その笑みを向けられるたびに幸せに浸れた。

愛しいと、思わず言いたくなってどうにかこらえる。

春蘭は生贄のようにして嫁いできたのだ。あまりにも重い旺殷の気持ちを知れば嫌がるかもしれない。そう思うと怖くて素直に言葉にできなかった。

「旺殷様、この壁に描かれているのは、どなたですか？」

穏やかに会話を重ねていたのだが、春蘭がふと眉根を寄せ、壁に指を沿わせながら真剣な様子で尋ねてきた。

壁には、旺殷の本来の姿が空を駆ける姿が描かれていた。

黄金の鱗に、鹿のようなしなやかな体、龍の顔、牛の尻尾、そして馬のような太い足を持つ神獣、麒麟。

その麒麟が雲をかき分け夕空を駆ける姿が、白壁に描かれている。

「それは、麒麟です。私の……」

とまで言って、思わず旺殷は口を噤《つぐ》む。

旺殷が麒麟であることは、人族の者たちは知っていると思っていたが、そうではないのだろうか。もし知らないのだとしたら、それが旺殷のもうひとつの姿だと言ったら、怖がらせてしまうだろうか。

少しの不安が頭によぎる。

このまま一瞬隠してしまいたくなったが、嘘を言うわけにはいかない。

そう思って、改めて口を開く。

「私のもうひとつの姿です。麒麟の絵姿は、人族の国にも出回っていたかと思いますが、見たことありませんでしたか？」

「もちろん見たことはあります。旺殷様が、麒麟であることも存じております。確か雄の麒麟は麒。雌の麒麟は麟と呼ばれるのですよね？　この壁に描かれているのは、麒ですか？　それとも……麟ですか？」

なぜか今までにないほど真剣な眼差しで春蘭が問うてくる。

春蘭の質問の意図が読めずに旺殷は首を捻《ひね》りながらも、口を開いた。

「麒なのではないかと思います。この絵は、昔人族の国から貢物でいただいたもので、正確にはわかりませんが」

戸惑いながらも旺殷がそう答えると、明らかに春蘭は安心したように息を吐き出した。

「まあ、そうなのですね。よかったです」

「なにが、よかったのですか？」

思わず旺殷がそう尋ね返すと、春蘭が顔を赤くさせた。ついで目を彷徨わせる。

そのかわいらしい仕草に、旺殷は目が離せない。

「だ、だって……も、もし麟の麒麟だとしたら、壁に描かれたこの麒麟が旺殷様の想い人……ではなく想い麒麟だったらどうしましょうと、思ってしまって……」

「想い麒麟……」

思わず目を見張る。そんなことを思ったことはなかった。

そんな発想をする春蘭に、ふつふつとおかしさが込み上げてきて思わず吹き出した。

「春蘭、あなたという人は……くく」

「お、旺殷様！　そこまで笑わなくてもいいではないですか！」

いまだに笑っている旺殷を春蘭は恨みがましく睨みつけてくる。

その仕草さえかわいく映り、頬がにやけてしまうのが止まらない。

「ふふ。す、すみません。ですが、あまりにも春蘭がかわいらしくて……」

「だ、だって……旺殷様は、その、神様ですし、私は人で……不安なのです」

春蘭のその言葉に、旺殷はハッとして春蘭を見た。

不安にさせるつもりはなかった。不安にさせないように、彼女が穏やかに岱輿山で過ごせるように努めているつもりだった。

「春蘭、なにが不安なのですか？　なにか不便があるのならなんでも言ってください」

そう言って、旺殷は手を伸ばす。

彼女を慰めたくて、その肩に触れようとして。

しかし、途中で伸ばした腕を止める。気安く触れると彼女がより恐れるかもしれない。そんな考えがよぎる。

とうとう旺殷は腕を下ろした。

その腕を、春蘭が悲しそうに見つめているとも知らずに。

「……不便はありません。本当によくしていただいてます。ですが、私たちは夫婦です。私の役目は、神の子を産むことです。違いますか？」

「……！　神の子を産むことが不安なのですね？　大丈夫ですよ。私は、無理強いするつもりはありません。なので、安心してくださいね」

「……旺殷様は、本当にお優しいのですね」

春蘭の口から漏れる寂しそうな響き。

戸惑いで旺殷は瞳を揺らす。

彼女が抱えている不安は、先ほど旺殷が指摘したものとは違うのだろうか。

「旺殷様、そろそろ、退出の時間です」

唐突に淡々とした声が割って入った。旺殷の眷属の精霊の声だった。

決まった時間になると声をかけるように命じていた。

「そうですか。ではそろそろ、戻らねばなりませんね」

旺殷はそう言って、かろうじて笑顔を作ってすっと椅子から立ち上がる。

本当はこの場から去りたくなかった。

春蘭が不安に思うことがあるなら、その不安をぬぐい去りたい。

だが、旺殷との暮らしが、こうして一緒にいること自体が負担なのかもしれない。

春蘭はなにか言いたそうな顔で、旺殷を見つめている。その視線から逃れるように旺殷は視線を外した。

「また明日も伺《うかが》います。なにか、不便があれば私の眷属に言ってくださいね。春蘭が、少しでも早くここでの生活に慣れるように私も尽力します」

余裕のある、落ち着いた声は出せただろうか。

離れがたい。ここにいたい。もっと近くに。

だが、これ以上ここにいれば決意が鈍る。そばにいればいるほど、気持ちが膨れ上がってくるのがわかる。

人をこれほど愛するつもりはなかったのに。

人を愛した神の末路を旺殷は知っている。

旺殷は、さっと身をひるがえして戸口へと向かった。

◆

細やかな雑事は、旺殷の眷属だと紹介された金髪のおかっぱ頭の少年たちが行ってくれた。

旺殷との生活はとても穏やかだった。

旺殷の眷属というのは何人もいて、しかもみんな同じ姿をしている。顔まで一緒だ。

旺殷の話では、彼らは精霊という存在らしい。

着替えなどは純美に手伝ってもらうが、その他の雑事はすべてその少年たちに任せていて、食事もなにもかも毎回滞りなく時間通りに運ばれてくる。

食事は、岱輿山に自生している植物や魚が中心だ。

そして食事の時間になると、旺殷もやってきて一緒に過ごす。

食事中はいつも春蘭の話を聞いてくれるし、春蘭も旺殷の話に耳を傾ける。

とても楽しい時間で、旺殷も終始笑顔なのだが、食事が終わると旺殷はすぐに自室に戻ってしまう。

正直、距離を置かれているように感じていた。

特に今日は、少し踏み込んで話をしてみたつもりだったが、結局は妙なしこりを残して終わってしまった。

「私、旺殷様に嫌われているのかしら……」

旺殷が去っていった扉を恨みがましく見つめながら、ため息混じりにそうこぼす。

「……きっとお忙しいだけですよ」

遠慮がちに純美が慰めの言葉をくれる。

だが、春蘭の気持ちは晴れない。

ともにいるのが嫌なら嫌だと、はっきり言ってほしい。

実際、そう言われれば傷つくだろうが、それでも今の中途半端な状態は嫌だ。

先ほども、春蘭の不安な気持ちを伝えてもはぐらかされてしまった。

いや、もしかしたら、伝わっていないのだろうか。

「確かに、私もはっきりとは言わなかったし……」

ぶつぶつと春蘭はそう口にする。

正直、春蘭は、ここに来てから少々猫をかぶっている。

快活で大雑把な春蘭の性格は、人族の国の理想の女性像からはかけ離れている自覚があった。だから、春蘭は旺殷に好かれたくて、できる限りおしとやかな女性に見えるように振る舞っている。

そのため今までなんとなく恐れ多くてあまり踏み込んだことは聞けなかった。

だが、先ほど旺殷にも言ったように、春蘭と旺殷は夫婦なのだ。

神だ、人だなど関係ない。夫婦ならちょっとぐらい踏み込んだ会話をするものではないだろうか。

そう考えた時、春蘭はふと閃《ひらめ》いた。

「……そうだわ。それなら、はっきり聞いてみればいいのよ！」

閃いたというよりもどちらかといえば腹を括ったというべきか。

春蘭はそう言うや否や、すたっと立ち上がった。

「しゅ、春蘭様？」

戸惑う純美を背にして、長い衣の裾をガシッと持ち上げて前に進む。

旺殷がこの部屋を出たのは、少し前だ。今なら走れば追いつけるかもしれない。

そう思って、春蘭は裾をたぐり寄せ、タッタタッタと足を動かして進む。

公主時代には考えられない振る舞いだ。母や異母姉兄に見られたら卒倒したかもしれない。だが、幸いなことにここに彼らはいない。

前方に、ちょうどおかっぱ頭の少年が曲がり角に消えていくのが見えた。

あれは旺殷がいつも引き連れている眷属の精霊で間違いない。

とすると、あの先に旺殷がいるはずだ。

裾をたぐり寄せる手に力がこもる。

気づけば足音が大きくなっている気がするが気にしない。

春蘭は駆け抜けると、角を曲がった。

そして、たなびく長い金髪を見つけて息を吸う。

「旺殷様ーーー！」

突然後ろから名を呼ばれた旺殷はびっくりしたように振り返る。

そして汗だくで髪も乱れに乱れた春蘭を認めて、さらに目を見開いて驚いてみせた。

「しゅ、春蘭!?　どうしたのですか？」

立ち止まって心配そうに声をかけてくれる旺殷に安堵《あんど》した春蘭はもう限界とばかりに足を止め、膝に手をついてはあはあと息を整える。汗がどっとあふれ出してきた。

普段あまり走らないので正直、すでに体が重い。

「なにかあったのですか？　春蘭？」

旺殷の声が近い。

どうやら春蘭が息を整えている間に、心配して近くまで来てくれたらしい。

春蘭はいまだにはあはあと息を整えながら、視界に入ってきた旺殷の服の裾を掴んだ。

「旺殷、様。……はあ、はあ。その、一緒に、お出かけ、はあはあ、しませんか？」

必死の形相で誘う春蘭の迫力に押されたかのように、旺殷は目を丸くさせたまま、なにも言わずに頷いた。

さすがに乱れた服を着たままお出かけというわけにはいかないので、春蘭は着替えてから旺殷とともに屋敷の外に出た。

「どこか、行きたいところでもあったのですか？　その、ここは人族の国と比べればなにもないですから、春蘭が楽しめるものがあるかどうか……」

旺殷が不思議そうに尋ねてくる。

いきなり汗だくになってまで追いかけてきて外に出ようと誘ってきたのだ。不思議に思っても仕方ない。

なんとなく気恥ずかしい気持ちになった春蘭だが、ここで恥ずかしいからと縮こまっては先ほどなりふり構わず追いかけた意味がない。

春蘭はキリッと顔を上げた。

「なにもないだなんて、滅相もありません。ここはとてもいいところですよ。まず素晴らしいのは、渤海に面した砂浜でしょうか。とても綺麗で、あの砂浜を裸足で駆けるだけでどれほど楽しいでしょうか」

春蘭がそう言うと、旺殷は優しく目を細めた。

「砂浜を裸足で駆ける、ですか。考えたこともありませんでしたが、確かに楽しそうですね。でしたら、まずは浜に行ってみましょうか」

思いのほか乗り気なようで、明るい言葉に春蘭も嬉しくなる。

そしてさっそくとばかりに颯爽と歩きだす旺殷の背中を、春蘭は呆然と見た。

旺殷との距離が開くにつれて、たまらず春蘭は「旺殷様！」と声を張り上げた。

「どうしましたか？　浜に行かないのですか？」

不思議そうな、いっそ無邪気とも言える顔で旺殷が尋ねてくる。

春蘭はすたすたと旺殷に近寄り、手を差し出す。

「旺殷様、浜まで手をつないで歩きとうございます」

「手をですか⁉」

そう言って旺殷が固まった。顔が赤い。

なんだか生娘《きむすめ》のような反応だわと、生娘である春蘭は思った。

こんなに強引に迫ると嫌われるかもしれないが、もう春蘭は我慢ならないのだ。

「しかし、私に触れても平気なのですか？」

おずおずと旺殷が言う。

どういう意味だろうか。春蘭は測りかねたが、差し出した手を引っ込めるつもりはない。

「平気もなにも、手をつなぎたいと言ったのは私です」

春蘭がそう言うと、戸惑うように目を彷徨わせていた旺殷が、そっと手を上げた。

しかし、春蘭の手に自分の手を重ねようかという時、ぴたりと止める。

「その、手に、異様に汗が滲んできてまして……」

どうやら手汗を気にしてるらしい。

春蘭は、今にも引っ込めようとする旺殷の手を強引に掴んだ。

「大丈夫です！　私も手汗びっしょりですから！　どちらの汗かわかりません！」

そう言って、旺殷を引っ張るようにして前に進む。

本当に強引にすぎるが、これで嫌われたのならもうそれでも構わない。

春蘭の化けの皮が剥がれて嫌われるのなら、この先どちらにしろ嫌われる運命だ。

ならば早々に本性を曝《さら》け出しておいた方がいいだろう。

今の春蘭は無敵だった。

春蘭が手を掴んだまままずんずんと進んでいくと、隣の旺殷が「あの……」と申し訳なさそうに声をかけてきた。

もしかして気安く触れるななどと言われるのだろうかと、恐る恐る春蘭が顔を見上げると……。

「浜は、そちらではなくこちらですよ……」

旺殷が遠慮がちに反対方向を示した。

春蘭は、物覚えはいいのだが、なぜか方向音痴だった。

そうして春蘭が進行方向を間違えたりもしつつ、ふたりは手をつないで隣を歩き合う形で浜にたどり着いた。

会話らしい会話はなかったが、旺殷は終始幸せそうに笑みを浮かべていたし、嫌がっていそうな雰囲気はまったくない。春蘭はそれが嬉しかった。

浜に着いた春蘭は、つないでいた、というよりも掴んでいた手を離す。

浜を素足で駆け回りたいと言った春蘭の気持ちに嘘はない。

さっそく靴を脱ごうとした時。

「……もう手はつながないのですか？」

そう言った旺殷の言葉がどこか寂しそうに聞こえたのは、春蘭がそうであればいいと思っているからだろうか。

旺殷を見れば、お留守番を言いつけられた子犬のような顔をしていたので、寂しそうに聞こえたのは自分の願望故でなく、本当にそう思ってくれたからかもしれないと、春蘭は嬉しくなる。

「浜に着きましたから。でも、よければ帰りもまた」

春蘭がそう言うと、顔を輝かせて旺殷が頷く。

春蘭も嬉しくなって笑顔を返すと、靴を脱いで素足になった。

砂浜のサラサラとした柔らかな感触が足の裏から伝わってくる。

その感触を楽しむように何度か足を踏み鳴らしてから、旺殷に向かって大きく手を振った。

「旺殷様もどうですか？　とても気持ちがいいですよ！」

そう声をかけると、少し離れたところで春蘭を優しく見守っていた旺殷が頷いて、春蘭と同じように靴を脱ぐ。

裸足になって何度か砂の上で足踏みし、今度は春蘭を見て笑みを浮かべた。

「気持ちがいいですね」

「そうでしょう？」

「ふふ、不思議な気分です。私はずっと何十年もここで暮らしてきたのに、ここに来たばかりの春蘭に教えてもらうことがあるとは」

軽やかに笑う旺殷を見ながら、ふたり同じ気持ちでいられたことが嬉しくなって、春蘭の足取りは軽くなる。

走ったり飛び跳ねたりしながら、この衣も帰ったらまた着替えないといけないと、着せてくれた純美に申し訳なくも思いつつ、めいっぱい砂浜を楽しむ。

「きゃ……！」

しかし、あまり慣れないことはするものではないらしい。

砂に足を取られて春蘭は体勢を崩した。

倒れる、そう思って目を閉じるが、いつまで待っても倒れた時の衝撃はない。

目を開けると、旺殷がいた。

春蘭を倒れる直前に抱き止めてくれていたようだ。

優しくこちらを見守る、濃い青の瞳と目が合う。

「大丈夫ですか？」

「はい……すみません、私ったら……」

そう言って、旺殷に支えられながら足を地につけて体を起こす。

「春蘭は砂浜が好きなのですか？　初めてあなたがここに来た時も、楽しげに浜を駆けていましたね」

大切な思い出に浸っているかのような温かな口調で旺殷は語る。

「こんな綺麗な砂浜を見るのが初めてだったので、浮かれてしまっていて……」

「あの時、私は自分の妻となる女性が来ると聞いて、浜で待っていました。ですが船から降りてきたあなたを見たら、声をかけられなくて……」

「ああ、そういえば、なんと声をかけていいのかわからなくて隠れていらしたと、おっしゃってましたね」

「ええ、奔放に駆け回るあなたがあまりにも輝いて見えて。声をかけたら、美しいあなたがそのままどこかに飛んでいってしまいそうで、怖くなってしまったのです」

旺殷の言葉に、春蘭はさっと頬を赤らめた。

そんなふうに思っていてくれたとは、考えてもみなかった。

途端に気恥ずかしくなって、春蘭は旺殷から瞳を逸らす。

「う、美しいだなんて……。それを言うのでしたら、旺殷様の方がよっぽどです」

「いいえ、私はあなたほど美しい人を知りません。初めてあなたを見た時、私は息の仕方すら忘れてしまいそうでした。それで、思わず岩の裏に隠れてしまいました」

照れて顔を伏せた春蘭の上から、旺殷からの甘い言葉が容赦なく降ってくる。

今まで、春蘭の突拍子もない話でドギマギした様子を見せるのは旺殷であったのに、逆の立場に立たされた。

胸が高鳴り、呼吸すらままならない。

どんどん顔に熱が溜まる。

しかし、春蘭は元来好奇心の強い性質だった。

一体、この美しい人がどんな顔をしてそのような甘い言葉を綴《つづ》るのか。

恥ずかしさよりも好奇心の方が優った春蘭は顔を上げる。

濃い青の瞳が、優しく輝きながら春蘭に注がれていた。

形のよい旺殷の唇が柔らかに弧を描き、とろけそうな表情でただただ春蘭だけを見つめている。

まるで、最も大切ななにかがそこにあるかのように。

言われなくても、わかるものがある。まさに旺殷の眼差しがそれだった。

旺殷の優しさや愛しさが春蘭に伝わってくる。

そこで、春蘭も初めて自分の気持ちを自覚した。

旺殷のことを愛しく思っているのだ。

自覚した途端に、感極まってしまった春蘭の目が思わず潤む。

春蘭はもうとっくに旺殷を愛していた。

神に嫁いだ花嫁の義務だからとかではない。

彼の不器用さや、優しさも、すべてが愛しくて、そっけなくされると悲しくなって、こうやって見つめられると嬉しくて泣いてしまいそうなくらいに、愛しい。

思わず春蘭は旺殷の頬に手を添えた。

彼の渤海のような青い瞳を見たい。もっと近くで。

そう思って無意識のうちに顔を寄せると、ハッとしたように旺殷が、春蘭の肩を押さえた。

「春蘭、このままではあなたの愛らしい唇に触れてしまいます」

顔を真っ赤にした旺殷がそう言った。

「触れる……?」

春蘭は先ほどの自分の行動を省みる。

そして、ふたりの距離が唇が触れ合いそうなほど近かったことを思い出した。

「あ……」

とっさに謝ろうとした春蘭だったが、ふと気づいた。

別に接吻《せっぷん》ぐらいいいではないか、と。

夫婦なのだ。

まるで生娘みたいな反応するなんておかしいと、生娘の春蘭は思った。

「……触れてはいけませんか? 私たちは、夫婦ですよ?」

「……女性にとって唇の触れ合いは特別なものと聞いてます。私たちは夫婦ではありますが、出会って間もない……」

「まあ! 出会って短いからなんだというのですか! 唇の触れ合いが特別? ええ、そうですとも特別です。だからこそ……だからこそ、旺殷様と触れ合いたいのです!」

そう捲《まく》し立てるように言ったところで春蘭は少しだけ怖くなった。

先ほどは確かに旺殷からの好意を感じ取ったが、勘違いだったらどうしようと。

不安になった春蘭は、一度言葉を止めて眉尻を下げてから旺殷を仰ぎ見る。

「……旺殷様は、違うのですか？」

不安に駆られて少しかすれた声で尋ねると、旺殷は目を丸くさせた。

戸惑っているかのような、信じられないものを見たかのような、そんな眼差し。

「……私も、あなたと触れ合いたい」

旺殷はポツリとそう言うと、こらえきれないとばかりに春蘭に顔を寄せる。

春蘭の唇に自分の唇を重ねた旺殷は、そのままもう離さないとでも言いたげに春蘭の頭を抱えた。

翻弄《ほんろう》されたのは、春蘭だった。

先ほどは強気なことを言ってみたが、春蘭とて男性と触れ合うのは初めてだ。

嬉しい反面、気恥ずかしさやら照れくささやらで落ち着かない。

しかも旺殷の口づけは長かった。愛の深さを表すかのような絶え間ない口づけに、呼吸もままならない春蘭は助けを求めて旺殷の胸を押した。

もう降参です、そんな意味を込めて軽く叩く。

そんな春蘭の様子に気づいた旺殷が慌てて体を離した。

「申し訳ありません……大丈夫でしたか？」

旺殷の謝罪の言葉を聞きながら、春蘭ははあはあと必死で息を整えた。

「いえ、その、謝ることではありませんので……。私の息継ぎの仕方が下手なのです、きっと……」

初めてのことなので、うまくいかなかったが次回からはもっと頑張る。

口から息ができないなら鼻ですればいいのだ。

前向きな春蘭が次回の対策を脳内でまとめていると、旺殷が春蘭の背中をさする。

「次は私も、あなたが負担にならぬように、試みてみます」

なにか覚悟を決めたような顔でそんなことを言う旺殷がなんだかおもしろくて、春蘭の顔が綻んだ。

それに『次は』と言ってくれたことが嬉しい。

そうだ、また次がある。ふたりは夫婦なのだから、いつでも触れ合えるのだ。

これからずっと長い時をともにいられる。

胸いっぱいに愛しい気持ちを抱えながら、何度見てもうっとりしてしまうほどに美しい旺殷を見上げる。

旺殷は、春蘭と視線を合わせると微かに瞳を揺らした。

「そのような顔をされると、また我慢が利かなくなります……」

旺殷は少しかすれた声でそう囁くと、再び春蘭の唇に己の唇を重ねた。

先ほど話していた〝次〟がさっそくやってきた。

一瞬目を丸くさせた春蘭だったが、すぐに求めに応じるように目を瞑り、甘えるみたいに旺殷の腕に触れる。

春蘭を抱く旺殷の力が、まるでもっと触れ合いたいとでもいうように次第に強くなり、口づけも深いものへと変わっていく。

こうやって抱き合っていると、旺殷が神である前に男だということを強く感じられた。

高い身長、逞《たくま》しい胸板に、力強い腕。春蘭にはないものだ。

旺殷が身体のすべてを使って春蘭を愛そうとしているのが伝わってくる。

最初の時よりもうまくやるつもりでいたのに、またもや春蘭は翻弄されていた。

生娘のようだった旺殷はどこに行ったのだろうか。百戦錬磨の手練《てだ》れだと言われても春蘭は納得する。

怒涛《どとう》のように降り注ぐ熱に身を委ねて、旺殷の求めに必死で応えていると、ふと唇が離れた。

目を開けると熱を孕《はら》んだ旺殷の青い瞳が飛び込んできた。

「春蘭、今夜はともにいたい。もうひと時も離れたくないのです」

切なげにそうこぼす旺殷の唇は艶っぽく濡れていた。

先ほどまで交わしていた口づけの名残りだ。そう思うとカッと身体中が熱くなる。

春蘭がなにも言えないでいると、旺殷が春蘭の黒髪を一房すくい上げて、そこに口づけを落とす。

「……いけませんか？」

懇願するような響きを孕む旺殷の囁き声。青い瞳は、まっすぐ春蘭を見ていた。

腰が砕けそうだった。

旺殷にこんなふうに言われて、拒絶できる人がいるだろうか。

少なくとも春蘭には無理だ。

だって、春蘭もともにいたいと強く思っているのだから。

「はい。私も一緒に、いたいです……」

速すぎる鼓動を抑えながらどうにかそう答えると、旺殷は愛しそうに目を細めて微笑んだ。

旺殷の眼差しに春蘭の鼓動が跳ねる。これ以上ないほど好きだと思うのに、旺殷の言葉ひとつ、表情ひとつでどんどん好きの気持ちが増していく。

初めての想いに戸惑うばかりの春蘭の唇を、旺殷は再びふさいだ。

春蘭の耳に、己の鼓動の音と、渤海の寄せては返す波の音が聞こえてくる。

波の音を聞くたびに、この日のことを思い返す気がした。

そうしてその夜、ふたりは体を重ねた。

互いの心を確かめ合い、肌の温もりを交わし合い、夫婦の契りを結んだのだった。

春蘭と旺殷が、初めて夜をともにした日から、ふたりは一緒にいる時間が増えた。外に出かけることはもちろん、夜も同じ褥《しとね》で過ごす。

彼の温もりに包まれながら迎える朝は、なににも代えがたく愛しくて、幸せとはこういうことなのだと教えてくれる。

ともにいる時間が増えるということは、お互いを知る時間も増えるということだ。今まで知ることのなかった旺殷の一面が見えるようにもなってきた。

そのひとつが、旺殷の気長な性格だ。

旺殷が花を愛《め》でたいと言えば、軽く数刻は花を眺めている。海に足をつけてその感触を楽しみたいと言えば、塩水で足の皮がふやふやになるまで海に浸かっていて、春蘭が慌てて引っ張り出したほどだ。

ある時は、『春蘭を見ていると幸せな気持ちになる』と言って、本当に飽きもせず、日暮れまでただただ春蘭をニコニコと眺めていた。

どうやら旺殷には何事にも飽きというものがないらしい。

悠久に続く時を統べる神であるからか、時間の流れ方が人とは違うのかもしれない。

旺殷の人とは違う感覚に少しだけ戸惑うこともあるけれど、春蘭はそれで彼を嫌うようなことはなかった。

そののんびりとした性格や、穏やかな気質、そして惜しみなく春蘭に愛情を注いでくれるところも、彼を知るにつれてもっと彼が愛しくなっていく。

だが最近、春蘭には気がかりなことがある。

「春蘭と、今こうしていられることが本当に嬉しいのです」

いつものように愛しそうに目を細めて旺殷が言った。旺殷は恥ずかしがる様子もなく、ふいに愛を語る。

その言葉に春蘭も嬉しくなって笑顔で頷く。

ふたりは朝起きたところで、寝台の上に並んで座って朝餉を待っていた。

旺殷は神故に食事を必要としない。岱輿山の神気を吸って生きているのだ。

だが春蘭には必要で、旺殷の眷属たちは春蘭と純美のためにごはんを用意してくれる。そしていつも旺殷は春蘭の食事に付き合ってくれていた。

旺殷がそっと指を絡めてきて、春蘭もそれに応えるように自分の指を動かす。

「私もです。愛しい人とともにいられるのですもの」

春蘭のその言葉に旺殷は一瞬、目を見開き怯えた表情を見せた。

でもそれは一瞬で、またあの柔らかい笑みを浮かべる。

「ああ、そうですね。春蘭、そばにいてくれて感謝します。あなたが愛しくてたまらないのです……」

旺殷はそう言うと、すっと春蘭から顔を逸らす。

その瞳に悲しげな翳りが見えた気がした春蘭は、またか、と思って微かに眉根を寄せた。

あれから、確かに旺殷と春蘭の距離は縮まった。旺殷は毎日春蘭に甘い言葉を、愛を囁いてくれる。

嬉しくなって、春蘭も旺殷のことを愛していると素直に伝えるのだが、そのたびに旺殷は悲しげな表情を見せるのだ。

毎夜褥をともにし、愛を確かめ合っているはずなのに、心の距離が開いたようにも感じられる。

春蘭はそう疑問に思いつつも、答えは出ない。以前、旺殷に直接問いただしたこともあるが、そんなことはないとはぐらかされてしまった。

自分が気にしすぎているのか、旺殷と触れ合う指の温度が、なぜだか少しだけ冷たく感じられた。

春蘭がここに嫁いできてずいぶん経った。

春蘭は旺殷を知るにつれてどんどん愛しさが増しているが、旺殷は違うのかもしれないと、最近そんなことばかり考えてしまう。

春蘭は、岱輿山に来てから自由奔放に過ごしている。旺殷は奔放な春蘭がいいのだと言ってくれていたが、春蘭を傷つけないための嘘なのかもしれない。旺殷は優しいから、本当は春蘭に幻滅しているのに、別れたいと言い出せない可能性もある。

春蘭がひとり悶々《もんもん》と悩んでいると、頬をそっと撫でられそのまま上に向かされた。

目の前に旺殷の顔がある。

「浮かない顔をしていますね……。なにか気になることでも？」

そう言って心配そうに春蘭を覗き見る。

一体誰のせいで、悩んでいると思っているのか。

心底心配だと言いたげな旺殷に、春蘭は一瞬責め立てたい気持ちに駆られたが、あまりにも旺殷の瞳が優しくて、唇を引き結ぶだけにとどめた。

こうやっていつも春蘭を気遣ってくれる旺殷。その優しさが嬉しいはずなのに、今は純粋に喜べない。

春蘭は旺殷の手に自分の手を添えると下ろした。

「大丈夫です、旺殷様……」

どうにか笑顔を作ってみせた。

好きではないくせに優しくしないでと言いたくなるが、もし旺殷の本心を確かめて、もう好きではないとはっきり言われたらどうしようと怖くなってしまう。

だって、そんなことになったら、こうしてふたりで過ごすこともできなくなるのだ。

自分が思っている以上に、旺殷に心を寄せてしまっていた春蘭は、そのことが恐ろしくて、踏み込む勇気が持てないでいた。

◆

旺殷は隣で眠っている春蘭の顔を眺めた。

窓から入る月明かりに照らされて春蘭の長いまつ毛の下に影ができている。

無防備な寝顔があまりにも愛しくて、旺殷は幸せな気持ちで見つめていた。

宿命の星に導かれ、春蘭が岱輿山にやってきたことは、昨日のことのように思い出せる。

楽しそうな笑顔にまずは目が離せなくて、踊るように砂浜を駆けてく姿に胸が高鳴り呼吸が苦しくなった。

触れてみたい。声を聞いてみたい。もっと近くで。

しかし生まれて初めて抱く強烈な感情に、旺殷は戸惑うばかりで、結局無様にも岩の裏に隠れてしまった。

だが、春蘭はその奔放さで旺殷を見つけてくれたのだ。

初めて春蘭のかわいらしい薄桃色の唇から自分の名を呼ばれた時、あまりにも気持ちが高揚しすぎて倒れてしまうかと思った。

そして今、己に初めての感情を教えてくれた人が、隣で眠ってくれている。

旺殷は彼女が起きないように、そっと美しい髪を手で撫でた。

それだけのことなのに、彼女に触れることができたことが、ひどく嬉しくて……。

しかし最近、春蘭は目に見えて元気がない。

ふとした時に物憂げな表情を見せることがあるのだ。

大丈夫かと声をかけても、彼女は大丈夫だと答えるばかり。

しかし確かに、あの奔放な春蘭の太陽のように輝かしい笑顔にどこか翳りが見える。

旺殷はその原因をなんとなく察していた。

もう春蘭は、飽いてしまったのかもしれない。

人は飽きやすく、そして忘れやすい生き物だから、いつかこういう日が訪れるのはわかっていた。

旺殷の父である先代の麒神も、強く愛し合っていたはずの妻——旺殷の母に去られてしまった。

岱輿山での生活にもう飽いたのだと言って、父と子を置いて、ひとり奥の国へと向かってしまった。

あれほど惹《ひ》かれ合っていたはずの父への愛も、子に注ぐ愛も、もう忘れてしまったのだという。

去っていく母の姿を父は黙って見送っていた。

人は飽きやすく、忘れやすい。時の風化の力には耐えられないのだと、そう言っていた。

認めたくない現実に、春蘭の髪を撫でていた手が止まる。

春蘭は言葉では愛していると伝えてくれるが、おそらくもう気持ちは変わっているのだろう。

人は時の流れの前には無力な生き物で、すべてのものが風化する。

人が作り上げてきたものや名声、美貌や健康、そしてその気持ち、愛ですら……時を経るごとに変化していく。

人である以上、春蘭も時の流れには逆らえない。

昨日まで愛していると言ったその唇で、別れを告げてくるかもしれない。

そのことが旺殷には恐ろしかった。

春蘭が愛を囁くたびに舞い上がるほどの嬉しさを感じるのに、いつか失うその愛を思って怖くなる。

時を統べる神は、その力故に、時の経過の干渉を受けない。

旺殷はどれだけ時を経ようとも、愛しさを忘れることができないのだ。

一度芽生えた想いを捨てることができない。

そういう宿命なのだ。

しかし、人は違う。悲しみも、怒りも、時とともにいずれ記憶から薄れていく。

それは人が穏やかに生きるためには必要なことだ。どんな物事も時間が解決してくれる。

しかし、それと同じように、喜びも愛も忘れてしまうのだ。

それが怖い。忘れられてしまうのが、なによりも恐ろしい。春蘭のことをただただ愛していたいだけなのに、未来を思うと愛することすら怖くなる。

切ない思いで春蘭を見つめていると、柔らかそうな頬に触れたくなった。

しかし、触れたらせっかく気持ちよく寝ている春蘭を起こしてしまうかもしれない。

そう思った旺殷は一度我慢し、しかし我慢しきれず、春蘭の長いまつ毛にそっと触れる。

「ん……」

春蘭のまつ毛がふるりと震えた。

そっと触れたつもりだったが起こしてしまっただろうか。

一瞬体を強張らせた旺殷だったが、春蘭は目覚めることはなくすぐにもとの穏やかな寝息を立て始めた。

ほっと胸を撫で下ろす。

「愛しい人……。どうか、私のことを忘れないでほしい」

旺殷は懇願するようにそうつぶやく。

もう旺殷は、春蘭の愛なくしては生きていけない気がしていた。

「……忘れないでって、なんのことですか？」

物思いに耽る旺殷の耳に、凛とした声が響く。

ハッとして春蘭を見ると、濃紫の瞳がまっすぐこちらを見つめていた。

「あ、いや……」

言葉に詰まる。

自分の考えは、人の子には理解できるものではないとわかっていた。

春蘭は上体を起こすと、まっすぐな瞳を旺殷に向けた。

「私は、旺殷様のことを忘れません。なにがあろうとです」

キッパリとそう言い切る春蘭に、旺殷は目を見張る。

春蘭が嘘をついているわけではないとわかっているが、どれほど今の想いを告げられようとも、旺殷にとっては、その場しのぎの言葉にしか聞こえない。

人の今は永遠ではない。自分とは、違う。

やりきれない思いが湧いてくる。

思わず旺殷は首を振った。

「人は忘れる生き物です……。春蘭もいつか私を愛したことを忘れます」

旺殷の言葉に、春蘭の瞳が傷ついたように潤む。

こんなことを、言うつもりはなかった。春蘭を責めるつもりはなかった。

どうしようもない人の世の常だとわかっているのに、その気持ちを春蘭にぶつけてしまった己がすべて悪い。

「すみません、春蘭、先ほどの言葉は忘れてください、私は……」

「いいえ、忘れることはできませんし、見過ごすこともできません」

いつもの強気な春蘭の瞳があった。

思わず旺殷は瞬きし、息をのんだ。

◆

微睡《まどろ》んでいると、ふるりと誰かに優しく触れられた感覚がした。

目を開けようとして、近くで誰かが息をのむ気配を感じた。

おそらく旺殷だ。

それに気づいた春蘭は、安心してそのまま目を瞑り、再び微睡む。

そばに感じる旺殷の温もりが心地よい。

「愛しい人……。どうか、私のことを忘れないでほしい」

しかし、旺殷のかすれた声が聞こえ、春蘭の眠気は一気に覚める。

時折見かける旺殷の寂しげな顔、その原因がそのひと言にあるような気がした。

春蘭がたまらず旺殷に問い詰めると、彼は最初こそ言葉を濁していたが、最後には気まずそうに顔を翳らせながら口を開いた。

「人は、風化していきます。その気持ちも、なにもかも。岱輿山にいる間は私の力で時の流れが緩やかです。そのため身体の風化はなくなります。ですが、気持ちの風化を止めることはできません。春蘭も、いつか私を愛したことを忘れてしまうでしょう」

旺殷の言葉に驚きで固まっていると、春蘭の頬を旺殷が両手で包み込んでくる。

まっすぐに春蘭を見つめるその瞳は切なげで、春蘭まで胸が苦しくなった。

「……そのことが怖くてたまらないのです。春蘭の愛がなくなった時のことを思うと、どうしようもなくなってしまうのです」

旺殷にそう聞かされ、春蘭はすべてを理解した。旺殷が時折つらそうな顔をするそのわけを。

そして旺殷のことを、いや自分も含めてなんて不器用なのだろうと思っておかしくなってしまった。

春蘭はもう嫌われたのかもしれないと思っていた。

しかしそのことを突き止めるのが怖くて、なにも言えないでいたのだ。

でも、旺殷と自分は同じだった。

今ある愛があまりにも幸せすぎて満たされすぎて、失うことを恐れている。

「まあ、旺殷様ったらそのように悩んでいらしたのですか。よかった。私はてっきり旺殷様に嫌われたのかと思ってしまいました」

そう言って、春蘭の頬に触れている手に自分の手を重ねる。

「私が春蘭を嫌うことはありません。春蘭が、私を忘れてしまうことはあっても……私はあなたを忘れられない」

苦しげな旺殷の瞳を、春蘭はまっすぐ見つめた。

これだけはきちんと前を向いて、旺殷の目を見て話さねばならない。

「旺殷様、ご安心くださいませ。私は、旺殷様のことを忘れません」

「今はそう思っていても、人は……」

「旺殷様、私たちが最初に出会った時に交わした会話を覚えておいでですか？」

旺殷が何事かを言う前に、春蘭が遮るように質問を口にする。

あっけに取られた旺殷は、微かに首を捻りながらふたりの出会いを思い出すように視線を上向かせる。

「ええ、もちろん、岩影に隠れていた私を見つけた春蘭が、何者かと尋ねてきましたね。それで私が名乗ると、名を呼んでくれて……」

ポツポツと語る旺殷を微笑ましく見ていた春蘭は、再度口を開いた。

「旺殷様、その時交わした会話を、〝正確に〟言えますか？」

「正確に……？」

春蘭の意図していることが読めないというように、訝しげな顔で尋ね返す旺殷に、春蘭は笑みを作ってみせる。

そういえば、旺殷には自分の固有道術について伝えていなかった。

そう思いながら、春蘭は記憶をたぐり寄せて口を開いた。

「いたた。すみません、私……」

「いえ、こちらこそ……申し訳ありません。だ、大丈夫でしょうか？」

「す、すみません、私……！　あの、あなたはどなた様なのでしょうか？」

「……あなたの……です」

「え？　なんですか？」

「私は……岱輿山の主、麒麟の旺殷と申します。あなたの、夫です」

流れるように春蘭が話しだしたのは、間違いなく旺殷と春蘭が出会いの際に交わした会話そのもの。

　思わず旺殷は目を見開いた。

「それはもしや……あの時の会話ですか？」

　春蘭はにんまりと微笑んで頷いた。

「そうですよ。ひどいです、旺殷様。私たちの会話をお忘れなのですか？」

「……すみません。出会った時に感じた鮮烈な気持ちについてははっきりと覚えているのですが、言葉のひとつひとつまでは……」

　しどろもどろになりながら謝罪を口にする旺殷に、春蘭はにやけてしまった。

　旺殷は神であり、絶対の存在だ。雰囲気も落ち着いていてその美しい見た目のせいもあって大人びて見える。

　しかし、こうやってともに過ごしていると、まだ幼い少年のような雰囲気を感じる時すらある。

　優しく純朴で、穏やか。そして、一途に春蘭を想ってくれる。

　そんな旺殷を知るたびに、愛しさがどうしようもなく増していくのだ。

「旺殷様には、私の固有道術がなんであるか、まだお伝えしていませんでしたね」

「固有道術……神通力を持つ人族が、修行を経ずとも会得する特殊な術だったでしょうか」

神である旺殷はもちろん様々な力が使える。しかし、人族の中にも神に通じる力を持つ者がいる。神通力を持つ者は修行を経て道術を手に入れるが、固有道術はまた別。生まれながらにしてその身に宿すのだ。それは一般的な道術と異なり、特殊で多くが強大な力を秘めている。

人によっては神通力を持っていても固有道術を発現しない場合もある希少なもの。春蘭は皇族の生まれということもあり、神通力は強かった。

そして幼くして、すでに固有道術の力にも恵まれた。

その固有道術こそが。

「私の固有道術は『忘れない』です」

「忘れない……？」

あっけに取られたような顔をする旺殷に微笑みかけて春蘭は口を開く。

「旺殷様は、私に忘れられるのが怖いとおっしゃいました。神であられる旺殷様の憂いを、人である私は完全に理解できないかもしれません。それに確かに、人は旺殷様から見ればうつろいやすい生き物でしょうし、大事な思い出すら、そのうちに色褪《いろあ》せてゆく。……でも私は違う」

そう言って春蘭は力強く断言した。

あっけに取られた顔をする旺殷がかわいらしく感じられて、春蘭は再び旺殷の胸に自分の体を傾ける。

「私は絶対に忘れません。旺殷様とともに過ごす日々を、たとえ百年経とうとも、昨日のことのように思い出せます。その時感じた気持ちすら、いつでも鮮烈に思い返せる。私はだって〝忘れない〟のですから」

「春蘭……」

そう名を呼ぶ旺殷の顔には、少しの安堵とともに、拭いきれない不安が浮かんでいた。

春蘭はそれを認めて微笑む。

「とはいえ、旺殷様が不安に思うのもわかります。だって私たちは別々の体と心を持って存在しているのです。すべてを理解し合うことはできません。でも、旺殷様、これだけは忘れないでください」

そう言って、春蘭は戸惑う旺殷の顔を自分の両手で包み込む。

「今、私は、旺殷様を愛しているのです。とてもとても愛しいのです。たとえいつかその愛が変容していくことがあろうとも、今の私が、旺殷様を愛したこと、強く強く愛したことを、私は決して忘れたりしません。忘れられないのです。なにがあろうとも今愛しているという、そのことは永遠に私の中で生き続けるのです」

そこまで言い切ると、旺殷の瞳が優しく綻んだ。

「私は、愚かですね……」

「私もです。私はてっきり旺殷様が私のことなどもうお嫌いになってしまったのかと気落ちしてましたし……愛は人を、いいえ、神様でさえ、愚かにするのかもしれませんね」

「……そうですね。ですが、もうこの愛なしでは生きていけない」

旺殷は今抱える想いを込めたようにかすれた声でそうつぶやくと、春蘭の背中に腕を回して抱きしめた。

愛しい人の温もりが嬉しくて、春蘭もその身を委ねる。

もっと触れ合いたいとそう思って春蘭が顔を上げると、熱を孕んだ瞳でこちらを見つめていた旺殷と目が合った。

同じ気持ちなのだと、すぐにわかった。

ふたりは吸い込まれるように顔を寄せ合い、口づけを交わす。

部屋に灯されたひとつの灯籠が、重なり合うふたりを優しく照らしていた。

◆

「旺殷様、春蘭様、おめでとうございます。春蘭様はおめでたでございます」

最近気分が優れないと訴える春蘭の脈を測った眷属の精霊が、淡々とした口調でそう言った。

あまりにもあっさりと言われたもので、旺殷はすぐには理解ができなかった。

「ん、なに？　もう一度言ってくれませんか。今、なんと？」

旺殷がたまらず聞き返すと、精霊はそのまっすぐなおかっぱ頭を少しも揺らさず無表情のまま繰り返す。

「旺殷様、おめでとうございます。奥様はおめでたでございます」

「ほ、本当に……!?」

感極まったような上擦った声が、春蘭の口から漏れる。

旺殷もにわかにその言葉の示す意味がわかり、大きく目を見開いた。

そして、「春蘭！」と高らかに名を呼ぶとそのまま椅子に背を預けて座っていた春蘭の肩に両手を置く。

「春蘭！　家族が増えます!!　私と、春蘭の子です……！」

今にも抱き潰してしまいそうな勢いだった旺殷を、ぺりっと眷属の精霊が引き剥がす。

「旺殷様、春蘭様は大事なお体。無闇やたらに抱きしめないでください。お体のご負担になります」

「あ、そ、そうですね……す、すみません」

眷属に諌められて、慌ててもとの位置に座り直す旺殷。

心なしか感情のないはずの眷属の顔に呆れが見えるのは気のせいだろうか。

居たたまれなくてしゅんと身を縮めた旺殷だったが、懐妊の知らせに沸き立つ思いは止められずにソワソワと春蘭を見つめた。

「な、なにか、してほしいことはありませんか？　食べたいものは？　なんでも用意します」

旺殷の言葉に春蘭がふふと笑い、手を差し伸べた。

「では、私の手を握っていてください。旺殷様と触れていると気持ちが楽になるのです」

「そ、そうですか……！」

旺殷はそう言うと飛びつかんばかりにその手を握ろうとした。

しかし眷属の鋭い眼差しに気づいて、すっと動きを止めてから今度はゆっくり優しく春蘭の手に触れる。

今にも壊れてしまいそうな繊細な瑠璃《るり》細工に恐る恐る触れているかのような仕草に、
春蘭はまた笑みを深める。

「さわってみますか？」

そう言って春蘭は自分のお腹に触れた。

「よいのですか？」

「もちろんです。この子は、旺殷様の子。この子も、旺殷様に触れてほしいと言っております。ですが、もちろん優しくですよ？」

春蘭の言葉に旺殷はこくこくと頷くと、そっと春蘭の腹部に触れる。

温かい。それほどお腹は大きくなっていないが、ここに我が子がいると思うとなんともいえない気持ちがした。

旺殷は、そっと春蘭のお腹に自分の耳を当てる。

どくどくどくとなにかが脈打つ音が聞こえた気がした。

これは、胎児の鼓動か、春蘭の鼓動か、もしかしたら先ほどから騒がしい自分の鼓動かもしれない。

ただ、ひとつ言えることは、心地がよかった。

幸せが音に変化したのなら、きっとこのような音なのだろうと、旺殷は思ったのだった。

第三章　前世の章・時戻り

春蘭が懐妊した。

その後の旺殷の溺愛ぶりときたら、凄《すさ》まじかった。

もとより春蘭に対しては相当に甘かったのだが、その上をいった。

なにをするにも春蘭のそばを離れず、どこに行くにもついていこうとする。しかも春蘭が立ち上がると、『立ち上がっても大丈夫なのですか⁉』と変な心配をするといった具合である。

そこはさすがに春蘭も諌めて落ち着いてきたが、あの常におっとりでのんびりとした旺殷の落ち着かない素振りは珍しく、感情をほとんど見せない眷属の精霊たちでさえ驚きを隠しきれなかった。

それほど、春蘭の懐妊を嬉しく思っているのだと伝わってくる。

今日も今日とて旺殷は春蘭の部屋にいて、同じ寝台に腰かけていた。

春蘭は隣の旺殷に体を預け、そっとお腹に手を置く。

妊娠したことがわかってから五か月が経過し、お腹はずいぶんと大きくなった。

「私も、触れてもよいでしょうか？」

春蘭を支えるように座っていた旺殷がソワソワとしながら言った。

春蘭がもちろんと頷くと、大きく骨張った手を春蘭のお腹にのせる。

「お腹の子よ、そなたの父だよ」

旺殷がそう語りかけると、ちょうど赤子がトンとお腹を蹴った。

その振動を手のひらで感じたのか、旺殷がハッと体をわずかに上下させた。

「い、今、私の言葉に応えて、蹴り返したのでしょうか？　すごいですね！　もう言葉が通じるとは……天才かもしれない」

旺殷はすでに親バカになりかけていた。

そしてお腹の子の反応を期待して、旺殷はゆっくりと語りかける。

「初めは人の姿をとって生まれますが、少ししたら麒麟の姿にも転変できるようになります。麒麟の姿で空を駆けるのはとても楽しいですよ。大きくなったら、一緒に駆けましょう」

旺殷が語る未来の父子の姿に、春蘭も想いを馳《は》せて嬉しくなった。

ああ、早くそんな日がきてくれないだろうか。

「だめですよ。春蘭を、そなたの母を背に乗せて駆けるのは、夫である私の特権です。そなたは、大人しく自分の伴侶《はんりょ》がやってくるまで人を乗せるのは我慢なさい」

どうやらお腹の子は、母を背に乗せて飛びたいと言っているようで、旺殷がそんなことを語りだす。

会話している気になっている旺殷がおかしくて春蘭はふふと笑い声をこぼした。

なんと幸せな日々だろうか。

「ああ、今年の神宴会談が憂鬱です。春蘭とこの子と一緒にいたい……」

ため息混じりの声が、先ほどまで楽しげだった旺殷から聞こえてきた。

神宴会談、それは十年に一度行われる神々の会合だ。五神山の神々が、一堂に集まるのである。そして現在の問題点や相談事など、世界を守る神々で話し合う。

「そんなこと言わないでくださいませ。旺殷様のお務めでしょう？」

「それはそうですが、しかし結局は各々が好きにただただ酒を飲んでるだけの会合なのですよ。ああ、行きたくない……」

基本的には何事も物事をおおらかに捉える旺殷にしては珍しく落ち込んでいる。

そんな旺殷を励ますように、春蘭が背中に手を回してさする。

「今回はこのような身なので参加できませんが、次の会合の際は一緒に行きます。このお腹の子も一緒に」

春蘭の言葉に、旺殷は気を取り直したように穏やかに微笑んだ。

「……そうですね」

神宴会談は家族の同伴も許されている。だから春蘭も一緒に行くこともできるのだが、身重ということで今回は見送ることになったのだ。

でも、次回は一緒に行ける。子供も連れて。

神宴会談は、人族の国が広がる大陸の中心地にある崑崙山《こんろんざん》という山の頂上で行われる。崑崙山は雲よりも高くそびえ立ち、その頂上付近は神気が濃いために普通の人間は立ち入ることすらできない。だが大変美しい場所ということで知られている。

春夏秋冬の四つの季節がまたがり、四季折々の花が同時に見られる不思議な場所で、周辺に浮かぶ雲が、まるで白い海のようなのだという。

早く旺殷とお腹の子と行ってみたい。待ち遠しい。本当に待ち遠しい。

春蘭は再びお腹に優しく自分の手を置いた。温かい。

「あなたに会える日が本当に楽しみだわ」

春蘭が我が子に語りかけると、その声に応えるかのように、再びトンとお腹を蹴られた。

まるで自分も早く会いたいと言っているようではないか。

どこかむずがゆいような振動に頬を緩ませながら、旺殷と目を合わせる。

「私の言ったことをわかってるみたい。天才かもしれないわ！」

「間違いないですね」

旺殷だけでなく、春蘭も十分にすでに親バカになっていた。

「春蘭様、よろしいでしょうか」

と、戸口の方で名を呼ばれた。

侍女の純美の声だ。

純美が茶器を載せたお盆を持って部屋に入ってきたところだった。どうやら春蘭のために茶を淹《い》れてくれるようである。

純美は唯一、漸帝国からついてきてくれた侍女。ここでの生活の雑用のほとんどは精霊たちがやってくれるが、純美は春蘭に不便がないようにと色々と気遣ってくれる。

懐妊した時も、自分のことのように喜んでくれて、今まで以上に春蘭に尽くしてくれていた。

そばにいてくれたことだけでも心強くありがたいというのに。

「純美が来てくれましたので、私は少し離れます。務めがありますので」

旺殿はそう言って、立ち上がった。

旺殿の務めとは、時の流れの監視と整備だ。神である旺殿にしかできない特別な務めである。

旺殿を見送ると、部屋には春蘭と純美のふたりきりになった。

「春蘭様、体調はいかがでしょうか」

純美はそう言って、運んできた蓋碗《がいわん》を春蘭に渡した。

春蘭が蓋《ふた》をとると薄い黄に色づいた液体が入っていた。生姜《しょうが》の香りが湯気とともに鼻腔を刺激する。生姜湯だ。

岱輿山には雨が降る日もあるし、風が強く吹く日もある。だが、はっきりとした四季がない。気温は常に少し肌寒く、人族の国の気候に例えるならば、秋に近い。

　春蘭は妊娠してから以前よりも体が冷えやすくなり、暖かい服を着るようになっていた。今も少々肌寒いと思っていたので、余計にこの生姜湯がありがたかった。

「ありがとう。温まるわ」

「あの、春蘭様、実は見てもらいたいものがありまして……」

　純美にしては珍しく、もじもじとした様子でそう声をかけてきた。

「なにかしら？」

「以前、あまり外を動き回れなくなって暇だとおっしゃっておいででしたので……あの……私、詩を」

　恥ずかしそうにしながら純美が巻物を手渡してきた。

　なにかしらと受け取った春蘭はさっそく中身を見る。

「これは、詩ね？　でも、今まで一度も読んだことのない詩だわ」

　固有道術『忘れない』を持つ春蘭は、一読、いや、一見するだけでどんな詩も諳《そら》んじることができる。

　今でこそ人族の文化から遠ざかっているが、もともと後宮という特殊な場所で教育を受けていた身だ。漸帝国の詩人が残した詩はすべて網羅《もうら》していると言っても過言ではない。

となるとこれは……。

「もしかしてこの詩は、純美が創ったのかしら?」

春蘭がそう問いかけると、純美は恥ずかしそうに顔を伏せながらこくこくと頷いた。

純美のその返答に、春蘭は顔を輝かせた。

「まあ! なんていうことでしょうか! ありがとう純美! 私、嬉しいわ! それにとっても素敵な詩よ。あなたにこんな才能があったなんて」

あまりにも浮かれて子供のようにはしゃいだ口調になってしまった。

でも、それほどに嬉しかったのだ。

春蘭は純美の手をぎゅっと両手で握る。

「そんな、春蘭様は大袈裟《おおげさ》すぎます」

「大袈裟なものですか! これはぜひ、我が家の家宝にしなくちゃ」

「しゅ、春蘭様、もうそれ以上私をからかわないでください!」

純美のそばかすの散った頬が真っ赤になる。

「からかっていないのに……」

春蘭はなおも褒め称えたい気持ちだったが、当の純美が本当に恥ずかしそうにしていたので、この詩を家宝にする件は一旦保留にすることにした。

そして改めて春蘭の創った詩を眺める。

国に残っている詩はほとんどのものを誦《じゅ》することができるが、だからといって評価できるほど詳しいわけではない。それでも、春蘭のために創られたというだけで、春蘭にとっては他のどれよりも最高の詩だった。

「あ、あの、春蘭様、本当に気に入っていただいたのなら、ひとつお願いをしてもいいですか？」

先ほどまで顔を隠して照れていた純美がそう言うので、春蘭は顔を上げる。

春蘭が笑顔で「もちろん」と頷くと、純美は再度口を開いた。

「この詩は、思わず口ずさみたくなるように、創ったのです。ですから、よければぜひ……誦していただけますか？」

言われて気づいたが、確かに音感のよさそうな詩だった。

春蘭はうんうんと何度も頷いた。

一度目にすれば諳んじることができる春蘭はさっそく、詩を口にする。

『赤い花、赤い花、誰ぞ彼の待ち人よ。

赤い花、赤い花、詠うと花咲く赤の色。

赤い花、赤い花、咲くは二十日後天中に』

短い詩だが、なんとなく語感がいい。さすがは純美だ、などと春蘭が悦に入りながら、当の純美を見た。

先ほどまで、照れながらも詩を誦してほしいと言っていた純美は、なにを考えているのかわからない無の表情で固まっていた。

「純美……？　どうかしたの？」

もしかして読み間違えただろうかと一瞬不安になるが、純美がハッとして顔を上げる。

「あ……！　いいえ！　なにも！　なにもありません！　ただ、春蘭様に私の詩を読んでいただけたことが、本当に嬉しかったんです……」

感極まったのか、目にうっすら涙を溜めて純美はそう言った。

「こんなことぐらい朝飯前よ。いつでも言ってちょうだい」

純美が喜んでくれていることが、春蘭はただただ嬉しかった。こんなことで彼女の献身《けんしん》に報いることができるのなら何度だってする。

「春蘭様……ありがとうございます」

純美はそう言って、にこりと微笑む。すると目に溜まっていた涙が、一筋すーっと流れていったのだった。

その日、旺殷は不在だった。

例の十年に一度開かれる神々の会合、神宴会談に向かったからだ。

旅立つ際の旺殷は寂しそうに背中を丸めて、名残惜しそうに何度も春蘭の方を振り返っていた。その姿がまるで捨てられた子犬のようで、思わず春蘭も苦笑いを浮かべるほどだった。

「でも、やっぱり行ってしまうと寂しくなるわ」

寝台に寝そべり、大きくなったお腹を撫でながら、ため息のようにそうこぼす。

岱輿山に来てからというもの、ずっと旺殷と過ごしていた。

一日に一度は必ず顔を合わせていたのに、数日も会えなくなると思うと、気が沈む。

しかし、落ち込んでばかりもいられない。近いうちに春蘭は母になるのだ。

お腹を蹴る子の力はますます強くなってきた。

春蘭のことを診てくれる精霊曰く、あと一月もすれば会えるのだとか。

「ああ、早く、会いたい」

満ち足りた気持ちでそうつぶやいて腹を撫でる。

暖かい日差しが窓から差し込んできた。その暖かさに誘われて少し眠気を感じた。

昼食を終えて少しした今頃がいつも眠くなる。

今日は特にやることもない、起きていても、旺殷がいないと寂しくなってしまうだけだ。
そう思って、素直にその睡魔に身を預けようと目を瞑ると。
――チリ。
一瞬頬に、チリリとした熱を感じた。
そしてその後に、猛烈な目眩《めまい》が襲ってくる。
「な……い、息が……！」
息ができない。
突然襲いかかってきた、胸のあたりの不快感。
息を吸おうとしているのに、吸えない。吐こうとしても吐けない。
一体自分になにが起こっているのかもわからず、そばに置いてある鈴を取ろうとする。
鈴を鳴らして、純美や精霊たちを呼ばないといけない。
混乱しながらも春蘭はそう考える。
だが、体は鉛《なまり》のように重く、思うように動かせない。
しかも次第に視界も悪くなってきた。
このままでは死んでしまう。お腹の子ともども――。
お腹に手を置く。どうかまだ無事でいてと祈りながらもう片方の手を必死に伸ばす。

そして春蘭は最後の力を振り絞って鈴を手に取った。しかし、鈴を振る力がない。

とうとう指から滑り落ち、そのおかげで、鈴の音がチリンと鳴る。

この子だけは、この子だけは死なせたくない。

眷属の精霊のひとりは、必ず春蘭の部屋の前にいてくれる。

鈴の音に呼ばれて、すぐにいつものおかっぱ頭の眷属がやってきた。

その姿をどうにか目の端で捉えながら、春蘭は意識を手放した。

どうかこの子を助けてと、そう祈りながら――。

◆

旺殷は、麒麟の姿に転変して濃紺の渤海のはるか上空を飛んでいた。

雲のような海、雲海の上を滑るように駆けていく。

そうして旺殷は、世界の中心地――人族の大陸の中心にある崑崙山の頂点にたどり着いた。

そこは大きな湖のようだった。まるで水瓶のごとく澄み切った水を抱え、山頂から五つの川に分岐し、人族の国を五つに分けている。

渤海よりも青は薄く、緑がかった水は澄んでいて美しい。

その湖の中心に、大きな岩でくり抜いて作られたかのような円柱状の真っ白い建物がある。その光り輝かんばかりの塔の中で、神々の会談が行われるのだ。

旺殷は連れてきた眷属の精霊とともに塔に降り立ち、雲海を渡ってきた際に濡れた髪や衣を整えてから、会合が行われる部屋に入る。

真っ白な塔と同じく、壁も天井もなにもかもが白い部屋だった。中央に二十人ほどで囲っても余裕がある大きな円卓が置かれている。ひとつの巨大樹を切り倒して作られた卓で、表面には同心円状の年輪模様が千とも万とも刻まれている。

この巨大な円卓にはすでに先客がふたり座っていた。

「おお、そなたにしては遅かったな。時を統べる霊獣、麒神の旺殷よ！」

そう快活な声で話しかけたのは先客のひとりだ。

真っ白な長い髪をそのまま流し、意思の強そうな太い眉の下には赤い瞳が輝いている。髪は老人のように白いが、肌はハリがあって若々しい壮年の男の姿だ。がっしりとした体にゆったりとした薄黄色の衣服をまとっている。

「これはこれは、宿命を司る霊獣、白沢《はくたく》の化身、星神の楊連《やんれん》。お久しぶりです」

旺殷がそう答えると、白髪の楊連は目を見張る。

「なんだ、その説明口調は」

「先に説明口調で私の名を呼んだのはあなたでしょう？」

呆れるように旺殷が言うと、楊連が「違いない！」と大きな口を開けてガハハハと豪快に笑った。

見れば、楊連の卓には空の酒瓶が大量に置かれている。

素面《しらふ》のように見えたが、すでにできあがっているのかもしれない。

「まったく、相変わらずですね、楊連。なにも口にせずとも生きていけるというのに、わざわざ酒を口にするとは」

「なーに、わしが人の子を導くために星を流すのも、すべては酒のため。人の子は本当によい酒を作るからな」

そう言うと再び豪快に笑って酒瓶から直接酒をあおった。

やれやれと旺殷は首を振る。

旺殷はすでに百年ほど生きているが、その旺殷が子供の時から楊連は成人の姿をとっている。楊連は五神山の神々の中で最も長く生きている神なのだ。

五神山の神々はすべて対等で、より長く生きているからといって優れているわけではない。とはいえ、長く世界を守っていることに対してはそれなりに尊敬の気持ちもあるのだが、楊連は基本的に飲んだくれのため威厳もなにもなかった。

ただの酔っ払いである。

「旺殷、久しぶりだな」

横から別の者から声がかかった。

薄青の袍をすらりと着こなし、銀色の長い髪を後ろに流した美丈夫。その彼が涼しげな金色の瞳で旺殷を捉えていた。

旺殷が昔からよく知っている神のひとりである。

「青嵐《せいらん》、お久しぶりです」

蓬莱山に住まう天を治める神、龍神の青嵐だ。今は人の姿をとっているが、神としての姿は頭に二本の角を生やした銀鱗の巨大龍である。

比較的年齢が近いこともあり、神々の中では親しみを感じている相手だった。

会合に参加する神はあと二神いるが、まだ到着していない。大体遅れてくるので今回もそうなのだろう。

それにしても青嵐との久しぶりの再会に嬉しくなる。

十年前に会った時よりも、雰囲気が柔らかくなっているように思えるが、その原因はおそらく……。

「そちらの女性は、青嵐の奥方でしょうか」

旺殷は青嵐の横に立つ女性に視線を移して問いかけた。

そこには、つややかな長い髪を結い上げて、金色の蝶《ちょう》の髪飾りをつけた女性がいた。

思慮深そうな青色の瞳を緩めて微笑んでいる。

どこか儚げで守ってあげたくなるような容姿であるのに、ピンと背筋を伸ばして凛と立つその姿からは芯の強さを感じさせた。

「青嵐様の妻の煉花《れんか》と申します。そして、この子が、息子の皓月《こうげつ》です」

煉花と名乗った女性がそう言うと、その背中に隠れていたらしい子供がぴょこんと顔を出した。

「こ、こんにちは」

青嵐と同じ銀の髪と、ふたつの角が生えた幼い子供が恐々といった様子で挨拶をしてきた。

旺殷は思わず目を瞬かせて、皓月と紹介された青嵐の息子を見る。

彼はまじまじと見られて照れてしまったらしく、恥ずかしそうに顔を赤らめてうつむいた。

「旺殷、皓月がかわいいからといって不躾《ぶしつけ》に見すぎだ」

青嵐に咎められた旺殷は、さっと視線を青嵐に戻す。

「それはすみませんでした。しかし青嵐、あなた子供までもうけていたのですか」

「ああ。……家族はいいぞ。旺殷」

「それは私もそう思います。ですが、青嵐あなたは……あれほど妻などいらないと言っていたのに……」

まさか先を越されているとは思ってもみなかった。

青嵐といえば、十年ごとの神宴会談で会うたびに『私は絶対に人の女など娶らない。絶対にだ』と繰り返し言っていた。

だというのに、すっかりあの頃の角が取れて、雰囲気が丸くなっている。

今も、妻の煉花となぜか見つめ合うとにっこり笑って、ふたりだけの世界に入り込んでいた。

「ガハハハ！　そうだろうそうだろう！　やはり家族はよい！　青嵐、そなたが煉花と出会ったのも、わしが星を流したからだ！　感謝してもよいぞ！」

星神楊連が得意げに笑ってそう言った。

宿命を司る星神楊連は、時期を見て星を流す。そして、その星の流れを読んで、人族は神に花嫁を捧げるのだ。つまり、青嵐が煉花と出会ったのも、旺殷が春蘭と出会ったのも、星神のおかげと言えなくもない。

「そうだな。楊連が勝手に星を流して、人族から高慢ちきな女が何人もやってきた時は、空気も読めず勝手なことをする楊連をずいぶんと恨んで殺しに行こうかと思ったものだが、結果としてはよかった」

淡々とそう告げる青嵐に、楊連は笑い声をひっ込めて背をのけぞらす。

「こ、殺しにって……物騒なことを言うなよ……。神殺しは大罪なんてものじゃすまないぞ」

　そのやりとりがおかしくて旺殷はふふと声を出して笑う。

「確かに私の時も突然だったので、楊連には思うところがないといえば嘘になりますね。……ですが、結果としては私もよい縁に恵まれました」

　旺殷がそうこぼすと、青嵐が興味深そうに眉を上げた。

「なんだ。旺殷も家族ができたのか？」

「はい。今は身重のため留守を任せておりますが」

「おお！　これはめでたいぞ！　わしも星を流した甲斐《かい》がある！」

　楊連が手を打って喜んだ。

　青嵐もよかったなと無愛想な彼にしては温かな笑みを浮かべてくれた。

　旺殷はそっと悟られぬように、青嵐の妻・煉花と、その子供の皓月に視線を移す。

　煉花の腕の中で興味深そうに旺殷たちのやりとりを聞いている子供の姿が、旺殷の未来と重なった。

　次の神宴会談には春蘭と子を連れてこよう。

　好奇心旺盛な春蘭が、世界の中心であるこの場所を見て瞳を輝かせる姿が浮かぶようだった。

　きっとお腹の子も、春蘭に似て元気な子になる。

旺殷は、未来を思った。

幸せしかないに違いないと信じて、疑うことすらしなかった。

残りの二神が到着して神宴会談が始まった。

そして三日が過ぎ、土産《みやげ》をたくさん抱えて岱輿山に戻った旺殷は、冷たくなって横たわる春蘭を見るのだった。

彼女の周りには、泣き崩れる純美と、時の精霊たちがいた。

本来は感情を表に出さないはずの精霊まで沈鬱な表情を浮かべている。

春蘭は、旺殷が帰った時にはすでに儚くなっていた。

旺殷は、今まで抱えたことがない絶望を前にして、慟哭《どうこく》の声をあげる。

麒麟の慟哭は、特別な力を持っている。

それは、時を管理する旺殷が自ら禁じている力だった。

しかし、旺殷は叫ばずにはいられなかった。

最愛の者がもう目を覚まさないと知って、泣き叫ばずにいられようか。

たとえ麒麟の慟哭が、時戻りという禁忌《きんき》の力を秘めているのだしても。

◆

次に春蘭が目を覚ますと見慣れた壁が見えた。

空駆ける麒麟が描かれ、金粉がちりばめられた白壁が、光に照らされてきらきらと輝く。

ここは春蘭の宮だ。いつもの寝台の上に春蘭はいた。

ハッとして起き上がろうとして、お腹に確かな重たさを感じて手を当てる。

そこには、大きく膨らんだお腹があった。子供の鼓動も感じる。

春蘭が急に動いて驚いたのか、無遠慮にとんとん蹴ってくる。その感触があまりにも嬉しくて、思わず表情を崩した。

「よかった……無事だったんだ、よかったぁ……！」

嗚咽《おえつ》と一緒に涙がこぼれる。

春蘭がお腹を優しく抱きかかえながら安堵の涙を流していると、慌ただしく戸が開いた。

「春蘭、いますか!?」

神宴会談に向かったはずの旺殷が、彼にしては珍しく焦った様子でそう声をかけてきた。

「旺殷様、お戻りだったのですか？　神宴会談はどうされたのです？」

もしかして、春蘭が倒れたために途中で切り上げて戻ってきてくれたのだろうか。

そうだとしたら申し訳ない。

そう思って確認すると旺殷が訝しげな顔をした。

「神宴会談？　いえ、それはまだ先の予定で……」

と言った旺殷の顔色が一瞬で変わった。

ハッとしたように顔を青ざめると、再度口を開く。

「春蘭、そうか、あなたには記憶が……というと、やはり時が戻っているのですか……!?」

信じられないと言いたげな表情を浮かべ、しかしすぐに春蘭の方に歩み寄った。寝台の上に座っていた春蘭の隣に腰かけて春蘭の手を握る。

「な、なにがあったのです!?　なにか、あったのでしょう!?」

旺殷の慌てぶりに今度は春蘭が混乱する番だった。

一体どうしたというのだろう。常に泰然としている旺殷がここまで慌てるのは珍しい、というよりも初めて見たかもしれない。

春蘭は不思議に思いながらも、目覚める前のことを語った。

「その、先ほど急な頭痛と呼吸困難に襲われて……倒れてしまったようなのです。でも、一時的なものだったようで、先ほど目が覚めたのですが、この通り、お腹の子も無事で……」

　と言いながら旺殷に握られていない方の手で腹を撫でた時に、先ほどは気づかなかった違和感があった。

「あれ？　お腹の大きさが、少し小さくなってる？」

もうすぐ臨月になろうとしていたお腹ははちきれんばかりに大きかった。

現在も大きくはあるが、前ほどではない気がした。

不思議そうに首を傾《かし》げる春蘭。

そしてそばにいる旺殷に緊張が走ったのが、春蘭にも伝わってきた。

恐る恐る旺殷を見ると、ひどく怯えたような、心配そうな顔をして春蘭を見ていた。

「春蘭、落ち着いて聞いてくれますか」

顔を青白くさせた旺殷が静かにそう言った。

春蘭もただならぬことが起こったのだとわかって頷き返す。

「私たちは……いや、正確には世界の時が一度戻されています」

「え？　時が、戻って？」

「はい、おそらく、私が戻した」

なぜか悔しそうにそうこぼす旺殷に、まだ状況がのみ込めていない春蘭が眉根を寄せる。

「ど、どういうことなのですか？」

旺殷は頷いた。

「春蘭、あなたは、おそらく死んだのです。そしてその悲しみで、私が……時を戻してしまったのかと思います」

「え……!?」

「本来なら時が戻ると、戻る前に起こったことを誰も覚えていません。時が戻るということは、その先の未来がなかったことになるからです。ですが、あなたには『忘れない』の固有道術があります。だから、春蘭は、春蘭だけは時を戻す前の記憶が残っているのです」

「時が戻っても、その時の記憶を忘れずに持ち越しているということですか？」

「その通りです」

「あの、では、旺殷様は、旺殷様は覚えているのですか？」

「残念ながら私はなにも覚えていません。ただ、時が戻ったことだけはわかります。時の流れは、一本の糸のようなもの。時が戻れば、時の糸がねじれる。私はそのねじれを感知できます。なにがあったのかを知ることはできませんが、時戻りが起こったことはわかるのです」

「そんな……では、あの時、私は……死んでしまった、ということでしょうか？」

唇が震えた。

春蘭が死んだということは、守りたかった胎児ごと、ということだろう。無意識にお腹をさする。

あの時、春蘭は守れなかったのだ。

恐怖で身が竦んだ。

そんな春蘭を旺殷は優しく抱きしめた。

大好きな匂いに包まれて、春蘭は顔を上げる。

心配そうにこちらをうかがう旺殷の濃紺の瞳と目が合った。

「大丈夫ですよ。春蘭。大丈夫です。あなたのおかげで、未来になにが起きたのか知ることができた。ならば、こちらも対策を立てればいい。悲しい未来を回避できます」

「旺殷様……」

力強い旺殷の言葉に春蘭は目を見張る。

そうだ。まだ、間に合う。まだ。

ふたりの子も、今はお腹の中で生きている。

「春蘭、ひとつ、確認です。今回の時戻りが、初めてで合っていますか？」

「は、はい。初めてです」

春蘭の回答を聞いて、旺殷は安堵するように胸を撫で下ろした。

「よかった。糸のねじれ方からしても、一回目で間違いなさそうですしね」

その言葉に、春蘭が首を傾げる。

「一回目ではなかったら、なにか問題があるのですか？」

「時戻りは何度もできるものではありません。三回同じ時を遡《さかのぼ》れば、時の糸がねじ切れてしまう」

「時の糸がねじ切れるとどうなるのですか？」

「時が止まり、そして世界が崩壊します。……本来、私は時の糸がねじれぬように管理する側の者です。なんらかの干渉で時の糸のねじれを確認した場合、その原因を探って対処するのが務め。時戻りは世界の崩壊を招く禁忌なのです。……まさか自分がその罪を犯すことになろうとは」

旺殷はそう言って、皮肉げな力ない笑みを浮かべる。

しかしすぐに春蘭の手を強く握ると、まっすぐに瞳を向けた。

「ですが、禁を犯したこと、後悔していません。あなたを失うぐらいなら、私は時戻りを行います。春蘭のいない世界に意味などないのですから」

「旺殷様……」

「春蘭、怯えることはありません。大丈夫です。大丈夫です。私がいます。いつどこでなにが起こるのかわかっているのです。大丈夫。必ずあなたを守ってみせます」

旺殷は愛しそうに目を細めて春蘭のお腹を撫でた。

「この子も必ず守ります……」

その言葉を聞いて、春蘭の目から再び涙が伝った。

自分が未来に死んだこと、そして子を守れなかったのだと知った時に感じた衝撃と恐怖で強張った体が解れてゆく。

そう、大丈夫。旺殷がいてくれる。今度こそ、この子を守ってみせる。旺殷が禁忌を犯してくれてまで、機会をくれたのだ。

必ず守る。お腹の子は、必ず。

春蘭のお腹を撫でる旺殷の手に、自分の手を重ねて、春蘭はそう誓った。


春蘭が記憶を保持したまま時戻りを行ってから数日が経ち、とうとう未来で死ぬはずだった日取りとなった。

この日までに人族の国からも医者を呼んで春蘭の体調を診てもらったが、特に問題はなかった。

春蘭の突然死の原因は、なにか毒を口にしたか、毒虫に刺されたか……。

原因がわからぬ故に、本来、神宴会談に行くはずだった旺殷はこれの参加を拒否して、その日を春蘭とともにいることにした。

神の務めを放棄する形になったことが少しだけ春蘭も心苦しかったが、しかし自分に、お腹の子になにかあるかもしれないという恐怖の前では、旺殷に神宴会談に行ってほしいと言えるはずもなかった。

「なんだか、今日の旺殷様は、いつにも増して、ピリピリしていらっしゃいますね」

純美が不安そうに小さく声をかけた。

純美には、時戻りのことはなにも言っていない。

ただ、明らかに時戻りをしてからの旺殷と春蘭の態度がおかしいので不思議に思っているようだが、深くは聞かずにいてくれている。

それでもさすがに今日の旺殷の様子には黙ってられなかったようだ。

「今日のごはんもお茶も、毒味に毒味を重ねていて、春蘭様が口にする頃にはすっかり冷えてしまっています」

と春蘭の膳を前に小さくこぼす。

「それに、春蘭様もあまりお召し上がりになりませんし……」

心配そうな純美の目線が申し訳なく、春蘭は微笑んでみせた。

「大丈夫よ。純美、今日だけなの。今日さえ終わればいつも通りよ」

その言葉に純美は不安そうに顔をしかめる。

「あれは……！」

唐突に旺殷が声をあげた。春蘭たちがその声に反応して旺殷を見ると、旺殷は立ち上がって窓の方へと移動している。そして彼の視線の先を見て、ハッとした。

窓枠になにかいる。あれは……。

「蠍《さそり》……!?」

人の手のひらほどはありそうな大きな蠍がいた。禍々《まがまが》しい形をした尻尾には強力な毒がある。

ひっと春蘭が悲鳴をあげると、旺殷が素早く懐の小刀を抜いてその蠍を真っ二つに切り捨てた。そしてそれでも安心できないと言いたげに木靴で踏み潰す。

ギリギリと念入りに足を動かしてから足を退けると、ほとんど形をなしていない蠍の死骸があった。

「どこから迷い込んできたのでしょうか……」

旺殷が死んだ蠍に向かって忌々しげにそうつぶやくと、眷属たちに命じてその場を清めさせた。

その様をドキドキしながら見守っていた春蘭は、靴を履き替えこちらに戻ってきた旺殷に声をかける。

「もしかして、私が倒れたのは、蠍の毒だったのでしょうか？　もうこれで助かるのでしょうか!?」

春蘭は、時戻りからずっと緊張しながら過ごしていた。お腹も張ることが増えた。

だが、原因が蠍だとしたら、もう死ぬ未来に怯えることはない。

そんな春蘭に旺殷は優しく笑いかける。春蘭の頭に手をのせて優しく撫でた。

「そうであってほしいと思いますが、まだ油断はできません。もう少し辛抱《しんぼう》していただけますか？」

そう語りかける旺殷の顔も、どこかほっとしているように見えた。

緊張していたのは春蘭だけではない。

春蘭は、旺殷の温もりが欲しくなってそのまま旺殷の胸元に顔を寄せた。

お腹の子を守れたかもしれない。

そう思っていたが……。

ピリっという痛みが、左頬に走った。

この痛みには覚えがあった。時戻りをする前にも感じた痛みだ。

そう思ったら、呼吸が急激に苦しくなった。

「はあ……はあ、旺殷、様……！」

旺殷が慌てて、春蘭の顔色をうかがう。そして顔をしかめた。

「頬に、椿の紋様が浮かんで……！　これは……呪い!?」

驚愕に歪《ゆが》んだ旺殷の顔を見ながら、かろうじて彼が叫ぶ言葉が聞こえてきた。

「春蘭……！　春蘭、しっかりするのです！　春蘭……！」

必死に懇願するように叫ぶ旺殷の声が、どこか遠くで聞こえてくる。

気づけば、視界がもう真っ暗だった。なにも見えない。

でもどうにか口だけは動かす。

「お、旺殷様……お願い、この子だけは……この子だけは守って……」

声になったかもわからないこの言葉は、果たして旺殷に届いたのだろうか。

気づけば、旺殷の叫び声もなにも聞こえなくなっていた。

また、この子を守れなかった。

春蘭は意識を手放す。

強い、強い、後悔を残して。

◆

春蘭が目を覚ますと、また見慣れた壁の紋様があった。

真っ先にお腹を確認する。

「もしかして……また……」

そうつぶやきながら上体を起こすと、お腹の子が腹を蹴ってきた。

愛しい愛しい痛み。そしてお腹を撫でる。

少しだけ、小さくなった、いや、戻ったお腹。

間違いない。

「私は、また死んで、戻ってきたのね」

ほっとしたような、絶望したような。なんとも言えない気持ちでそうつぶやくと、慌ただしく扉が開いた。

春蘭が予感していたように、旺殷がやってきた。

ここまで慌てて駆けてきたのだろう。息が上がっている。

「春蘭、無事ですか!?」

不安そうな顔で旺殷はそう言うと、寝台に座る春蘭を見てほっと息を吐き出す。

まずは、無事であることを確認できて安堵したのだろう。

そのまま寝台のところまで来ると、顔色をうかがうようにして春蘭の頬を撫でる。

優しい旺殷の温もりを感じて春蘭は目を瞑った。

先ほどまでの悪夢のような出来事を、本当に夢にできたらいいのにと、そう思いながら。

でも夢ではない。

お腹の大きさがまた戻っている。

春蘭は目を開いてまっすぐ旺殷を見上げた。

「安心してください、旺殷様。私は、今は無事です。そして旺殷様が心配してここに駆けつけてくださった理由もわかってます。時戻りが行われたのですね？」

春蘭がそう言うと、一瞬旺殷は目を見張った。

「なぜ、それを……ああ、そうか。あなたは『忘れない』の固有道術のために、記憶が残っているのですね……！」

「その通りです。そして旺殷様もお気づきかもしれませんが、これは二回目の時戻りです」

春蘭のその言葉に、旺殷は動揺するように瞳を揺らした。

「……なにが、あったのですか？」

「近い未来、私は死にます。お腹の子とともに」

春蘭がそう言うと、旺殷はさらに目を見開く。

旺殷の言葉を待たずに春蘭は続けた。

「死因は、呪いだと、旺殷様はおっしゃっていました」

「呪い……？」

眉根を寄せる旺殷を見ながら、春蘭は静かに覚悟を決めていた。

再び、戦いが始まる。

春蘭とお腹の子を守るための戦いが。

体が強張る。足先がひどく冷たい。恐怖のあまり血が通っていない心地がした。

そんな春蘭の体を旺殷が抱きしめる。

温かい。

旺殷がいつも焚きしめている白檀《びゃくだん》の香りに包まれる。

恐怖で強張った体が少しだけ解れて、瞳から涙がこぼれ落ちる。

「旺殷様……。怖い、怖いのです。またこの子を失うかもしれないと思うと、とても怖いのです」

自分のお腹に手をやる。

震える春蘭の体を支えるように、旺殷が抱きしめる力を強くする。

「……必ず、守ります。私が、その子も、春蘭も」

旺殷の声も微かに震えていた。

春蘭は、旺殷の言葉を頼りに何度も頷く。

そう、今度こそ、守る。お腹の子は絶対に。

そしてこれは二回目の時戻り。

三回時戻りをすれば、時の糸がねじ切れて世界が崩壊すると旺殷は言っていた。

つまり、もうあとはないということだった。

一回目の時戻りの時も旺殷は常に緊張していた。

だが、今の旺殷はその比ではない。余裕を失っていると言ってもいい。

記憶自体はなくとも、これが二回目であることを理解している旺殷は、常に気を張っていた。

二回目の時戻りをしてから、壁と天井すべてに隙間なく札の貼られた部屋に春蘭は隔離された。

旺殷が力を込めた守りの札だ。

ここにいる限り、呪いを受けることはないという。

そして、春蘭が今まで持っていた物、衣も装飾品も、国から持ち込んでいた思い出の品もすべて、燃やされた。

呪いをかける時には呪具を使うことが多い。春蘭の持ち物の中に、呪具が紛れていたのかもしれないという旺殷の考えによるものだった。

母から旺殷に嫁ぐ際にもらった鏡や宝飾品に手紙、純美が縫ってくれた小物や、詩が書かれた紙もすべて、春蘭は失った。

それに純美自身にも会えていない。

優しい純美のことだから、今頃、すごく心配しているだろうと胸が痛くなる。

だからといってこれがやりすぎだとはひとつも思わない。

なにを犠牲にしようとも、お腹の子の命には代えられないのだから。

もう春蘭の体はひとりの命ではないのだ。

札の貼られた部屋に旺殷は毎日様子を見に来て、いつも謝っていた。

こんなところに閉じ込めるような真似《まね》をしてすまないと。

そう言って自分よりもつらそうにする旺殷を、春蘭はそのたびに抱きしめた。

これでいいのですと、そう言って。

今思えば、一回目の時戻りの時は油断があったのかもしれない。

万全を期したつもりだったが、そうではなかった。

それにやっと死因がわかった。きっと今度こそ大丈夫だと、春蘭は自分に言い聞かせる。

日々不安の中にいるせいで、お腹の子も不安を感じているのか、お腹がよく張るようになった。

そのたびに、もう少しの辛抱だと子に言い聞かせる。

今度こそあの日を生き抜く。

せめて、この子が生まれるまでは。

そうして日々が過ぎていき、とうとう運命の日になった。

春蘭が過去に二度、命を落とした日である。

この日は、旺殷が用意した水だけを飲んで過ごした。

札が貼られた部屋で、旺殷とふたりきりだ。

旺殷が何者からも守るとでもいうように抱きしめて離さない。

札が張り巡らされた部屋には、窓ひとつなく、明かりは灯籠がひとつ。

薄暗い部屋でふたりはただただずっと抱きしめ合った。

言葉はなにもなかった。

口を開けば恐ろしいと、不安を駆り立てる言葉しか出てこない気がした。

なにも考えたくない。

春蘭は旺殷の息遣いと鼓動しか聞こえないほどに身を寄せる。

すると、旺殷の心臓の音が速くなった気がして、春蘭は顔を上げた。

問いかけるような春蘭の瞳に、旺殷は「大丈夫です。必ず守ります」と言って微笑んでみせると、真剣な表情を浮かべる。

「もうすぐ例の時刻になります」

春蘭は唾を飲み込んだ。

一回目も、二回目も、苦しくなったのは、同じ日の、同じ時刻だった。

太陽が空の真上に来る時刻だ。
春蘭は頷くと、また旺殷の胸に顔をうずめた。
ここが一番落ち着く。ここが一番安全だと、春蘭もわかっている。
だが……。
ピリリと、左の頬に痛みが走った。
その痛みに、目眩がしそうなほどの絶望を抱いた。
そして、呼吸が苦しくなる。
「旺殷、様……いや、いや……」
わけもわからず泣いた。うまく呼吸ができない。
この痛みを春蘭は覚えている。
固有道術など関係ない。この痛みを忘れるわけがない。
今まで二度も、春蘭の命を、そしてお腹の子を奪った痛み。
「春蘭……!?　春蘭……!!」
また遠くで、旺殷が必死に呼ぶ声が聞こえる。
肩で息をしながら、重たい瞼をどうにか上げて焦点を定める。
旺殷がその美しい顔を歪めていた。
ひとりにしないでくれと、その顔が言っている。

涙に濡れた旺殷の青い瞳に、春蘭の顔が映っている。その頬に、椿の花のあざが浮かんでいた。

あれが呪いの紋様だろうか。

春蘭は、呪いで痛むのとは別に、胸の痛みを感じた。

ああ、また守れなかった。

春蘭はすぐに己の未来を察した。

また旺殷をひとりにする。お腹の子を道連れにして、旺殷をひとりにしてしまう。

だが、このままではいけない。このまま死ぬしかないのだとしても、言わなければならないことがある。

春蘭は、どうにか息を吐いて、そしてかろうじて息を吸う。

以前、旺殷は言っていた。『春蘭のいない世界に意味などない』と。

その言葉が本心だとしたら、春蘭がいない世界を旺殷が滅ぼしてしまうかもしれない。

三回目の時戻りをして、時を壊し、世界を崩壊させる。

そんなことを旺殷にしてほしくなかった。

愛しい人に、そのような罪を背負わせたくない。

それになにより旺殷だけは、旺殷だけでも生きていてほしい。

だから、春蘭はそれがどれほど残酷なことかわかっていても、口を開いた。

「もう、時戻りは、しないでください……」

「無理です……春蘭のいない世界など耐えられません！」

旺殷の答えを聞いて、やはりと思った。

このままでは旺殷は世界が崩壊するのも覚悟して、時戻りをしようとする。

「お願い、です。この世界を壊さ……ないで……。私はあなたに世界を壊して、ほしく、ない……」

「いけません……春蘭！　春蘭……！」

涙に濡れた旺殷の声がまた遠ざかる。

もう目を開けてもいられない。体が、重い。

「ごめん……なさい。旺殷、様……。お腹の子を……守れ、なくて……」

それだけ言うのがやっとだった。

身体中が重い。もう呼吸をするために胸を膨らませることもできそうになかった。

子を守れなかった後悔と、旺殷に申し訳なく思う心を抱え、春蘭は最後に涙を一筋だけこぼして、三回目の命を終えた。

第四章　現世の章・時の対価

カビ臭い省悔殿で、愛しくも悲しい前世の記憶を、懐かしい純美の顔を見ながら春蘭は思い返した。

そばには明玉が倒れている。

もう息はない。前世の春蘭と同じ呪いで死んでしまった。

付き合いはそれほど長くはないが、仲良くなれそうな人だと思った。

強気な性格で誤解を与えがちだが、誰よりも周りのことを見ている人だった。

だからこそ、この不毛な麒神の後宮を終わらせるためにひとり奮闘していたのだ。

「そこに倒れているのは、明玉さん!?」

明玉が倒れた後にやってきた純美が、大袈裟に声を荒立ててそう言った。

そして、明玉のもとへ駆け寄ると脈をとる。

すらりとした体躯、面長の顔にすっきりとした目元。

純美の姿はあの頃となにも変わらない。

そのはずなのに、彼女が作る表情がどこか嘘くさく感じるのはなぜだろうか。

純美は脈と息を確認して愕然とした表情を浮かべてみせた後、春蘭を睨みつけた。

「春蘭さん！　なんてことをするの!?　明玉さんを殺すだなんて！」

「……え？」

思ってもみないことを言われて、春蘭は思わず言葉に詰まった。

「ひどいことを。人のよりつかない省悔殿は殺すにはちょうどいいと思ったのね!?」

純美の言葉に、春蘭は思わず目を見張った。

春蘭が省悔殿に来たのは純美に言われたからだ。

もしかして純美は、春蘭を明玉を殺した犯人に仕立てるためにここによこしたのだろうか。ふとそんな疑惑がよぎる。

でも、理由がわからない。

いや、本当はわかってしまった気がした。ただ、気づきたくないだけで。

だって明玉は、前世の春蘭と同じように、左頬に椿の花の紋様を浮かせて死んだ。

そしてその明玉のそばには、純美の書いた詩があった。

「私はなにもしていません……！　純美こそ、なぜ、こんなことをするの……？」

そう問いかける春蘭の声は震えていた。

今までの記憶が、これまでの出来事が、一体誰によって仕組まれたことなのかを伝えてくれているのに、信じたくないという気持ちがまだある。

信じていたい。純美は、前世で唯一ついてきてくれた侍女だった。

「なにを言っているの？　明玉の部屋にいたのはあなたでしょう？　私がここへ来た時にはすでに死んでいたじゃない。どうやって私がやったというの？」

そう言った純美の声には、確かに勝ち誇った響きがあった。

顔には人を馬鹿にしたような笑みを浮かべている。

信じたいと思う春蘭の気持ちを打ち砕くには、十分な冷たさを孕んでいた。

春蘭は縄に縛られて、その縄先を純美に引っ張られるようにして地下へ向かう。

壁では水晶がほのかに光っていて、妙に明るい。

以前も忍び込んだことがある、旺殷がいる地下の部屋へと続く道だ。

純美の話では、これから花嫁のひとりを殺《あや》めた罪を旺殷に伝え、処罰してもよいか尋ねるということだった。

「助かるとは思わないことね。今まで、あなたのように他の花嫁を殺めた者は、皆処分されたわ」

前を歩く純美がそう声高に話しかけてきた。

それを聞いて、春蘭は眉根を寄せる。

「それはつまり……今までも私と同じように人を嵌《は》めて、罪を着せたということですか？」

春蘭がそう言うと、前を歩いていた純美はぴたりと立ち止まり振り返った。

見下したような顔で背の低い春蘭の顔を見下ろす。

「まあ、まだそんなことを言う元気があるの？　言っておくけれど、麒神様にそう訴えても無駄よ。私と麒神様の付き合いは、ここにいる誰よりも長いの。私は誰よりも信頼されている」

そう告げた純美の顔は笑っていたが、春蘭には醜く歪んで見えた。

こんな笑い方をする子だっただろうか……。

変わり果てた、いや、当時気づけなかった純美の本性が悲しくて顔を下に向けた。

なにも言えなくなったのを負けを認めたと思ったのか、純美から鼻で笑う声が聞こえてくる。

ただただ悲しくて項垂れていると、前を向き直した純美に再び縄を引っ張られる。

その後は無言で進み、そして例の扉にたどり着いた。

「旺殷様、ご報告したいことがあります。よろしいですか」

純美がそう言うと、扉の向こうから気怠げに「入れ」という旺殷の声が返ってくる。

いよいよ、旺殷のもとに行くらしい。春蘭を罪人と報告するために。

今世で、旺殷に会うのは、これで二度目だ。

一度目は、こっそり地下室に忍び込んだ時。自分が妻の生まれ変わりだと旺殷を騙《だま》して怒りを買っていた明玉をかばってしまったから、旺殷の覚えは悪かったはずだ。

そして今回は、罪人として。今世の出会い運はあまりよくないらしい。

そんなことを思ってひとり自嘲していると、「にやにやして気持ちが悪いわね」と純美の蔑《さげす》むような声が聞こえてくる。

「純美……」

「呼び捨てにしないでちょうだい！　あなたを見ると、どこかの能天気な馬鹿女を思い出してイライラする！」

苛《いら》ついた声でそう言うと、純美は春蘭の口の中に無理矢理なにかを入れた。布だ。

「……ん！　んん！」

猿轡《さるぐつわ》をされた。これで声が出せない。

旺殷に会っても、春蘭になにも言わせない気だ。

猿轡をされたことも驚いたが、それよりも先ほど純美が発した言葉の方がつらかった。

『どこかの能天気な馬鹿女を思い出してイライラする』

それは、もしかして前世の春蘭のことではないだろうか。

純美は前へ向き直って扉に手をかけた。

重たい扉がギギギと音を鳴らしながら開く。

先日も訪れた旺殷の部屋。

中は、先ほど通ってきた地下廊下よりはるかに暗い。

明かりは部屋の天井から吊り下げられた大きめな灯籠だけ。

旺殷は、ずっとひとり、こんな薄暗い地下の部屋で過ごしているのだろうか。

前世の旺殷は、明るい場所を好んでいた。一緒に、陽の光を浴びながら、浜辺をよく散歩していたのだ。綺麗な金の髪に、陽の光が反射してとてもまぶしかった。

いつも穏やかな旺殷は、岱輿山の優しい日差しのような人だった。

暖かな陽の光が似合う人だった。

その薄暗さに圧倒され、それでも目を凝らして部屋の中を見る。

部屋には机と、御簾のかかった寝台しかない。飾り物も、ほとんどなにもない。

先日は明玉のことが気になって、部屋がどのようであったかを思案する余裕はなかったが、改めて見るとあまりにも殺風景だった。

前世での旺殷の部屋はもっと雑然としていた。

旺殷と春蘭のふたりで砂浜に行くたびに、記念品だと言ってその日一番綺麗な石や、大きな貝殻を拾って持ち帰っては、部屋に飾って愛でていたからだ。

それに絵を描くことが好きだった旺殷は、よく描いた絵を部屋に飾っていた。

『春蘭は忘れることがないからいいですが、私は春蘭ほど細かには覚えていられません。ですがこうやってその日の思い出のものさえあれば、私でも思い返せます』

旺殷はそう言っていた。

そして部屋が貝や石や花やゴミのような物であふれかえるのだ。

そのうち春蘭が散らかしすぎだと怒るまで、旺殷はその雑多なものが転がる部屋で、楽しそうに過ごしていて……。

けれど今の旺殷の部屋にはなにもない。

この部屋の有り様が、旺殷の心の虚しさを表している気がして、春蘭は胸が痛んだ。

春蘭が悲しくなっていると、ぐいっと純美に縄を引っ張られてよろけながら進む。

御簾のかかっている場所の前まで連れていかれると、そのまま床に膝をつくように言われその通りに座り込んだ。

御簾の奥に、おそらく旺殷がいる。

「旺殷様、最近こちらに嫁いできた者が、娘をひとり殺めました。殺された娘はひどく美しかったので、おそらく嫉妬でしょう。私の方で罪人の処分を進めてもよろしいでしょうか」

その声は澱《よど》みがなくて、春蘭には手慣れているように感じられた。

死んでしまった明玉が、嫁いだ娘がたまに行方をくらますことがあると言っていたことを思い出す。

おそらくすべて純美がやったことなのだろう。

疑惑が、悲しいほどに春蘭の中で確信に変わっていく。

「……誰が殺され、誰が殺したのです？」

抑揚のない旺殷の声が、御簾の中から聞こえてきた。

中から出てくる気はないらしい。

しかしその返答が純美にとっては意外だったらしく、隣から少し息をのむ気配がしたが、純美はすぐに気を取り直したように口を開いた。

「珍しいですね。旺殷様が、こちらに嫁がれた娘の名を気にされるとは」

「少し、気になっただけです。それで、誰と誰ですか？」

「……五十年ほど前にこちらに来ました明玉が殺されました。そして殺した者は、ここにいる春蘭という者」

少し悔しそうな響きを感じるのは春蘭の気のせいではないだろう。

「……明玉といえば、先日、春蘭の名を騙った愚か者でしたか。その時、その娘をかばった娘の名が春蘭と……」

「ええ、その通りです。ですが、明玉は死にました。その場にいたのはこの娘だけです。彼女が殺したとしか思えません。この神聖な岱輿山に死という穢《けが》れを呼んだのは罪でございます」

「…………」

「どうされたのですか？　旺殷様、いつもの旺殷様らしくございません。この娘の名が奥様と同じだからですか？　でしたら惑わされてはいけません。失礼ながら、春蘭という名は比較的どこにでもある名前です」

「だが……」

「今まで無関心だったのに、今さらご興味が？　これまでもこのような諍《いさか》いは何回もございました。そのたびに私にお任せくださいましたのに、今回だけ違う理由をお聞かせいただけますか？」

その先を言わせないとばかりに純美が畳みかける。

再び旺殿は黙り込む。

春蘭はただただ悲しかった。

なにもない殺風景な部屋。気怠げで覇気《はき》のない旺殿の声。

それはきっと、春蘭が子供とともに死んで、旺殿をひとりにしてしまったからだ。

あんなことがなければ、誰も不幸にならずに済んだ。

旺殿はあの時のまま穏やかで優しく純粋でいられた。

春蘭と旺殿の子供が生まれていれば、今のように無闇に公主が生贄として怯えながら嫁いでくることもなかった。

明玉は、死に際に名を呼んだ愛する人と結ばれていたかもしれない。

「……そうか。今さらですね。春蘭のいないこの世界に、興味はありません」

絶望を孕んだ旺殿の声に、春蘭はたまらず今世で手に入れた固有道術を使うと、口を開いた。

「興味がないなどと、おっしゃらないでくださいませ！」

猿轡をされていたはずの春蘭が突然声を出したので、純美がうろたえた顔で春蘭を見る。

「な、猿轡は!?」

「私の固有道術の『糸を解す』で解かせてもらいました。こちらの縄も」

そう答えた春蘭のそばには、解かれた縄と、口を封じていた布が落ちていた。

自由になった春蘭は立ち上がって前に進む。

まっすぐ旺殷がいる御簾に向かって。

「な、麒神様の御前ですよ!?」

純美の静止の声が聞こえる。

しかし春蘭は止まらずそのまま御簾に手をかけた。

シャーと、御簾は春蘭に引っ張られて、音を立てて破れ落ちていく。

その隙間から、春蘭はそこにいる旺殷を見た。

落ちくぼんだ目に、はっきりと残る隈。かつて愛を囁いてくれた魅惑的な唇に色はなく、白すぎる肌に生気は感じられない。

ただその青い瞳だけがギラギラと傷ついた野生動物のように輝いて……痛々しいほ

どだった。

「旺殷様……」

変わり果てた旺殷の姿。

春蘭は思わず涙を流した。

突然御簾を破って目の前に現れた春蘭を前に固まっていた旺殷だったが、春蘭が涙を流すと戸惑うように口を開いた。

「なぜ、泣いている……」

「悲しいからです。そして、とても悔しくて……」

あの時、きちんと自分の身を、子供を守れたら……。

旺殷が二度も禁を犯して機会をくれたのに、春蘭は救うことができなかった。

尽きない後悔が身を締めつける。

しかし、ここで、後悔に苛《さいな》まれて動けずにいるのは違う。

「春蘭!! あなたは! なにをやっているかわかっているの!?」

金切り声が春蘭の後ろから聞こえる。

振り返ると、髪を振り乱して憎しみを込めた顔でこちらを睨みつける純美がいた。

春蘭に掴みかからんばかりに、純美が手を伸ばす。

しかしその手は春蘭には届かなかった。いつの間にか静かにそばに立っていた旺殷が純美の手首を掴んで止めていた。

「やめないか、純美。そのように声を荒らげるとは、らしくない」

怪訝そうに言う旺殷を、どこか傷ついた顔をして純美は見上げる。

そして噛みつくように口を開いた。

「なぜかばうのです!?　奥様と同じ名だからですか!?　瞳の色が一緒だからですか？　ですが別人です！　奥様は死んだ！　いい加減お忘れください！」

「純美……」

純美の叫びに戸惑ったように旺殷がつぶやく。

おそらく、純美がこのように荒ぶったのは初めてなのだろう。

純美は駄々をこねる子供のように、掴まれていない左手を、旺殷の胸に何度も打ちつけた。

「……私ではだめなのですか？　ずっとあなたのために生きてきましたのに!!　なぜ私ではだめなのです!?　私だって、私だって、麒神様のことを初めて見た時から、お慕いしていましたのに!!」

純美の心の叫びに、旺殷は目を見張った。

そんなふうに思ってくれているとは、まったく知らなかったと言いたげな顔。

春蘭は、純美の気持ちを知って、逆に色々と腑《ふ》に落ちた。

涙を流しながら旺殷に愛を語る純美に、春蘭は口を開く。

「純美、だからあなたは私を呪い殺したのですか？」

春蘭は静かに問いかけた。

決して大きい声ではないが、春蘭の声はよく響いた。

驚愕か恐怖か、一瞬で顔を強張らせた純美がゆっくりと春蘭に顔を向ける。

「な、なにを、なにを言っているの？」

そう尋ね返す純美の声は震えていた。

「私は……」

「黙りなさい！」

春蘭の言葉を純美が吠《ほ》えるように遮ると、旺殷の方に顔を向けた。

「麒神様！　この者を罰してください！　奥様のふりをして麒神様の心を惑わそうとする不届き者です！」

必死の形相で訴える。

旺殷は純美の懇願を受け、戸惑うようにして春蘭に視線を移した。

春蘭はまっすぐ旺殷を見つめた。

今の彼は、春蘭が守れなかった結果招いた姿。

旺殷からなにもかもを奪ってこの世を去り、それでも壊さないでほしいと我儘《わがまま》を通した春蘭の罪。

「お前は、私の妻の名を騙ったのですか……？　それとも……」

迷うようにそう言って、旺殷は言葉を止める。そして、眉根を寄せると軽く首を振った。

「いや、あり得ない……妻は、春蘭は……」

つらそうにかすれた旺殷の声を聞きながら、春蘭は口を開いた。

「いたた。すみません、私……」

唐突に、そんな言葉を発した春蘭に、訝しげな顔をする純美と旺殷。

「私は旺殷様にぶつかってしまって、尻餅をついていましたね」

懐かしそうに目を細めながら春蘭がそう言うと、旺殷はすぐにハッと目を見開いた。

「まさか……」

「お優しい旺殷様は、無作法な私が悪いのに『いえ、こちらこそ……申し訳ありません』と謝ってくださって、『だ、大丈夫でしょうか？』と気遣ってもくださった。私はもうその時には、優しげな旺殷様をとても好ましく思っていて……」

春蘭は当時のことを思い出して笑みを浮かべてから、さらに口を開く。

「私は戸惑いながら『す、すみません、私……！　あの、あなたはどなた様なのでしょうか？』と問うたのです。あの時はとても緊張しました。だって、旺殷様が本当にお美しくて。正直、女である私の立場がない気もしたのですよ。そうしたら旺殷様が……」

「あなたは突然脈略もなく、一体なにを言ってるの!?」

意味不明なことを言っているようにしか聞こえない春蘭を、純美が咎めた。

再び掴みかかろうとする純美を、また旺殷が手で制す。

「やめろ、純美」

その言葉はどこかうわ言のようで、純美に話しているのに視線はまっすぐ春蘭に向けられている。

まるで彼女に魅了されて、目が離せないとでもいいたげに。

「……そうしたら旺殷様は、小言で何事か言って、よく聞き取れなかった私は『え? なんですか?』と再度尋ねるのです」

そんな旺殷の視線を受け止めながら春蘭は続ける。あの時の再現を。

「そうしたら旺殷様が『私は……岱輿山の主、麒麟の旺殷と申します』と、そう言って」

春蘭がその先を言おうとすると、遮るように旺殷が口を開いた。

「そうだ。その時……私は言ったのだ。『あなたの、夫です』と……」

旺殷の声は震えていた。信じられないものを見たと言いたげな顔は、驚愕と喜びであふれた涙で濡れていた。

「春蘭……本当に、春蘭なのですか!?」

縋るような瞳で問いかける旺殷に春蘭は頷く。

「はい、春蘭です。どうやら固有道術のおかげで前世の記憶を持ったまま転生できたようです。旺殷様、ずっとお会いしたかっ……きゃ」

唐突に旺殷に抱きしめられて、春蘭の言葉は最後まで続かなかった。

旺殷の腕が力強く抱く。

その広い胸に顔をうずめた春蘭は、久しぶりに彼の鼓動の音を間近で聞いて、愛しい想いがあの頃のまま込み上げてくる。

「春蘭……！　春蘭、春蘭……！」

震える声で、旺殷が名を繰り返した。

そんな旺殷の背中に春蘭も腕を回す。震えている旺殷を慰めるように、もう安心してと伝えるように、優しく優しく抱きしめ返す。

「旺殷様、ただいま戻りました。お待たせしてしまい、申し訳ありません。……ひとりにしてしまってごめんなさい」

こらえようとしたがこらえきれず、春蘭の目にも大粒の涙が落ちた。

今までの旺殷の孤独を思えば、己がどれほどひどいことをしたのかわかっている。

前世の春蘭がお腹の子とともに命を落とした時に、どれほどの絶望が旺殷を襲っただろうか。

しかも時の干渉を受けにくい旺殷は、一度抱いた感情を、想いを、安易に忘れることもできない。

つまりは旺殷は、春蘭への愛とそれを失った絶望を抱えて、三百年生きたのだ。生きざるを得なかった。

この絶望を唯一止める手段であったであろう三回目の時戻りを、つまりは世界の崩壊を、春蘭が封じたために。

旺殷は、春蘭の首元に顔をうずめ、微かに首を横に振る。

「いい……もういいのです……春蘭が戻ってきてくれたのなら……もう、それでいい……」

弱々しい声は、どこか子供のようで、また春蘭の胸が苦しくなる。

「麒神様……!? な、なにをおっしゃっているのです!?」

純美の声が割って入る。

春蘭が顔を上げて横を見ると、気持ちの悪いものでも見るような目で睨み据えている純美と目が合った。

「生まれ変わりですって？　馬鹿な、そんな馬鹿なこと……！　騙されてはいけません、麒神様！　そうやって麒神様の歓心《かんしん》を買おうとしているのです！　なんと浅ましい！」

「純美……」

春蘭が名を呼ぶも、彼女の目が和らぐことはない。

「……騙されてなどいない。彼女は間違いなく春蘭です。私の愛する妻」

静かな、しかし落ち着いた声色で旺殷はそう言うと、春蘭を抱きしめていた腕を緩めた。

すっと背筋を伸ばした旺殷は、純美の方に顔を向ける。

その表情はとても険しいもので、先ほどまで威勢のよかった純美が萎縮して顔を強張らせた。

「……純美は、嬉しくないのですか？　春蘭の帰還が。純美も、春蘭を慕っていたはずです」

「そ、それはもちろん、そうですが、ですが彼女は偽物です！　奥様なわけがありません！」

「春蘭が戻ってきたというのに、それをどこか恐れているように思える。なぜ恐れる必要があるのですか？」

「お、恐れているなど、そのようなことは……」

そう言って、純美は春蘭を見た。目が合うと、彼女は気まずげに視線を下に逸らす。

「なにか、都合が悪いことでもあるのですか？　純美」

旺殷に名を呼ばれた純美は、びくりと肩を震わせた。そして旺殷の顔色をうかがうように見る。

旺殷の顔に怒りが浮かんでいるのを認めて、さっと顔を青白くさせた純美は口を開いた。

「べ、別に都合が悪いことなど、ありません！　ただ、偽物かもしれないと警戒しただけで！　でも、そうですね！　麒神様がそうおっしゃるのでしたら、奥様で間違いないのかもしれませんわ！」

取り繕うように、妙に明るい口調でそう言うと、今度は春蘭を見る。

「ああ、奥様！　まさか、またお会いできる日が来るなんて！　嬉しゅうございます！」

先ほどまで強張っていた顔に、笑みを貼りつけた純美が言う。

ものすごい変わり身の早さだと内心で春蘭はおかしく思ったが、同時に悲しくもなった。

純美がどう思っていたかは知らないが、春蘭は純美を好いていた。一緒に岱輿山についてきてくれた時、どれほど嬉しかったことか。

それなのに……。

「純美、お久しぶりですね。私も会いたかった」

「……！　はい！　ありがとうございます！　あの、先ほどは奥様だと気づかずに、無礼な振る舞いをしてしまい申し訳ありませんでした」

どこかほっとしたような表情で、謝罪を述べる。

春蘭は、あまり怒ったことがない。前世の頃から、どんな人にも謝罪があれば許しを与えていた。

純美ももちろんそのことは知っている。

だから、こう言えば水に流してくれるだろうと思ったのだろう。

春蘭は皮肉げに笑った。

「純美、私に対する無礼な振る舞いについては気にしてません。ですが、あなたが行った今までの悪行については、どれほど謝罪を述べようとも、赦《ゆる》すつもりはありませんよ」

春蘭の思ってもみなかった言葉に、純美はハッと固まった。

「倒れた明玉妃が教えてくれたのです。あなたが私にしたことを」

「な、なにをおっしゃっているのです？　私が春蘭様になにかするなんて」

「死にゆく明玉の左頬に、椿の赤いあざが浮かんでいました」

「なに？」

そう驚愕の声をあげたのは、旺殷だった。

椿の花の赤いあざは、春蘭を殺した呪いの紋様。そのことをすぐに思い出したのだろう。

「前世の私が死ぬ時も、同じようなあざが浮かんだのです。そして明玉は、あなたが渡した詩が書かれた紙切れを持っていました。明玉様への罰として、詩の暗唱を言いつけたのですよね？」

そう言って、懐に忍ばせていた紙切れを取り出して、純美に突きつける。

「私も、前世で同じような詩をあなたにもらい、そして誦するように言われました。愚かな私は、あなたが私のために書いてくれたのが嬉しくて、その場で誦してみせた」

そこまで話すと悔しさで、また目に涙が込み上げる。

あの時、あの詩さえ読まなければ、春蘭は、そしてお腹の子は死なずに済んだのかもしれない。そう思うとどうにもやりきれなかった。

旺殷は、二度も禁を破って時戻りをしてくれたが、戻った時にはすでに春蘭は詩を誦していた。もうすでに、春蘭はあの日に死ぬように呪われていたのだ。

「詩だと？」

旺殷がそう言って、春蘭が持っている紙を手に取る。

そして目を見開いた。

「これは、呪詩か……！」

旺殷のその言葉に、純美の顔がしまったとばかりに歪む。

「旺殷様がそう仰せなら、やはりそうなのですね。これは呪詩。おそらくは、純美の固有道術によるもの。最後の一文が、死ぬ日時を指定しているのです。詩を誦した後、指定した日数をもって呪いが発動するのでしょう」

春蘭がそう言うと、純美はさっと顔を両手で覆った。

「ち、違います。なにかの間違い、です。そんな詩、私は知りません。春蘭様、どうしてそのようなことをおっしゃるのでしょうか……。私が春蘭様を呪うなんて、あり得ません……。あれほど尽くしておりましたのに……」

純美は涙ながらにそう訴える。

顔は見えないが、本当に涙を流しているようだった。

だが、それが嘘の涙であることを、春蘭は悲しく思いながらも確信していた。

「純美、今さら言い訳は通用しないわ。私の前世から持っている固有道術を忘れたわけではないでしょう？　私は確かにあなたが贈ってくれた詩を誦したのよ。私はそのことを忘れていないわ」

春蘭がそう言うと、しくしくと肩を震わせてみせていた純美が、固まった。

そしてゆっくりと顔を上げる。

純美の顔を見て、春蘭は思わず、ゾッとした。

表情が抜け落ちた能面のような表情で、まっすぐ春蘭を睨み据えていたのだ。

「なんで……お前は、いつも……私の幸せを、奪うの……」

憎しみに染まった暗い声が純美の口から漏れる。

春蘭は己で彼女の本性を暴いたつもりだったのに、彼女の口からそれが認められると、途端に怖くなった。

あの純美が、憎しみのこもった瞳で春蘭を見ているのが信じられない。

信じたくない。だが、確かに、彼女なのだ。彼女こそが、春蘭とお腹の子の命と、旺殷の穏やかに過ごすはずだった三百年を奪った。

「生まれ変わりだぁ!? 今さらのこのこ戻ってきて、また私から、幸せを奪うのか……!!」

戸惑う春蘭の目の前で、血走った目をした純美がそう吠えついた。

興奮したようにふーふーと息を荒くしている。

思わず春蘭は一歩後ろに引いて、しかしそれと同時に横にいた旺殷が素早く動いた。

「グ……んが!」

旺殷が、純美の首を掴んで持ち上げていた。

呼吸がままならないのか、純美が苦しげにもがいては言葉にならない言葉を発している。そのたび口から泡を吹く。床から離れた足がばたばたと宙を蹴る。

「お前だったのか……！　お前が、春蘭を……！　お腹の子を……！」

旺殷から発されたとは思えないほどの重く暗い声。

戸惑って固まっていた春蘭はハッとして、彼の腕に縋りついた。

「旺殷様……！　待って、待ってください！」

春蘭は止めた。

旺殷が、殺したいほど彼女を憎む気持ちもわかる。だが、それでも、旺殷に人を殺めてほしくなかった。

旺殷は気持ちを、想いを、忘れられない。

人のように、時とともに過去のことだと消化することができない。

ここで純美を殺してしまったら、その時抱いた罪悪感ややるせなさを旺殷は抱えることになる。また旺殷は長く苦しんでしまう。

もう、あの優しい旺殷に、つらい気持ちを味わってほしくない。

「止めないでほしい、春蘭……！　私は、この女を許せそうにない！」

「わかってます！　わかってます……でも、お願いです！　旺殷様に人を……人を殺して、ほしくないのです」

春蘭のそのひと言に旺殷はハッとして、腕に縋りつく春蘭を見る。

「春蘭……」

力なくそうつぶやく。

しばらく旺殷の中で葛藤があったのか、戸惑うように瞳を揺らし、そして悔しげに唇を噛むと、純美を乱暴に解放した。

床に落とされた形となった純美はそのまま倒れ込み、苦しげに何度も咳《せ》き込む。

「春蘭……私は、もう、いいのです。このぐらい、人をひとり殺したとて、気にならない……気にならなくなってしまったのです。あなたのいない三百年の間に……」

後悔の滲むような嘆きだった。

もしかしたら、この三百年の間に、旺殷は人を殺したことがあるのかもしれない。

春蘭は小さく首を振る。

それでも、だからこそ、もうこれ以上つらい思いをしてほしくない。

「旺殷様、ごめんなさい。どうしても私が嫌なのです。これも、ただの私の我儘なのです。ごめんなさい。それに……」

春蘭は、苦しげにまだ咳き込んでいる純美を見た。

「純美には聞きたいことがあります」

春蘭がそう言うと、うつむいていた純美が顔を上げた。呼吸を整え、涎《よだれ》で汚れた口元を手の甲で拭いながら、春蘭を睨みつける。

「純美……なぜそれほどまでに私を憎んでいたのですか？」

春蘭の問いに、純美は口を固く結び、暗い瞳で睨むのみだった。

「純美、貴様……！」

たまらず旺殷が再び彼女に怒りを向けようとするのを、春蘭が止める。

「純美、あなたも旺殷様を好いていたからですか？　だから、私が憎かったのですか？」

再度、春蘭が問いかけると、彼女の眉根が寄った。

純美は、先ほど初めて会った時から旺殷を慕っていたと言っていた。

あの言葉に嘘はなさそうだった。

ならば、春蘭を陥れたのは、嫉妬だろうか。

だが春蘭は漠然とだが、それだけではないような気もしていた。

「……それだけじゃない。さっきも言った。お前は、お前は私の幸せを奪った」

吐き捨てる純美に、春蘭が目を見張る。

「私が？」

「そうよ！　お前が、麒神の花嫁になるなんて言い出すから！　私まで！　私まで一緒についていくことになった……！」

純美の言葉に、思わず春蘭は目を見張る。

「どういう、こと？　あなたは、自ら私とともにいたいと言ってついてきてくれたのでは……」

「そんなわけないでしょう⁉　生贄の花嫁についていこうと思う者がいるものか！　お前をかわいがっていた当代の皇帝は、お前ひとりを麒神に捧げるのはしのびないと言って、供をつけることにした。そうして私が選ばれたのよ！　私はただ両親に売られただけ！　好きでついてきたんじゃない！」

怒りに任せて泣き叫ぶ純美の言葉に、春蘭は愕然とした。

春蘭は、ずっと純美が自ら望んでついてきてくれたのだとばかり思っていた。

「そんな……」

「私はただ、普通の幸せが欲しかっただけなのに、それをお前が全部奪ったんだ！」

そう叫んだ純美は、狂ったように髪を振り乱して両手で顔を覆う。

「別に大したことは望んでなかった！　特別裕福でなくても、顔がよくなくてもいい。優しい人と所帯を持って、かわいい子供を産んで、家庭を築く、本当にただそれだけでよかった！　そうやって普通に暮らしたいだけだったのに！　でも、お前のせいで私の夢はなにひとつ叶わなかった！」

「純美……」

名を呼ぶ声が震えた。心臓が嫌な音を立てる。

純美の憎しみが、痛いほどに伝わってくる。

「最初は死のうとさえ思った。それでも死なずについていったのは、人外に嫁ぐことになったお前が可哀想で不幸だと思えたからだ！　自分より不幸なお前がいたから正気でいられたのに！　麒神は醜い化け物なんかでもなく、ふたりは仲睦まじく愛し合い始めた。しまいには、子供!?　私が、ずっと夢見ていた暮らしを、私のささやかな望みを奪ったお前が！　その幸せを見せつけてくる！　その苦しみが！　お前にわかるか!?」

そこまで一気に言い切ると、はあはあと荒く呼吸をして、血走ったまなこで春蘭を睨みつける。

ここまでの憎悪を向けられたことのない春蘭は思わず息をのむ。

純美の迫力に、想いに倒れてしまいそうだった。

だが、その背を、温かな腕が支えてくれた。

「春蘭、のまれる必要はありません。あなたはなにも悪いことはしていない」

隣にいた旺殷が、春蘭を支えるようにして肩を抱く。

「旺殷様……」

見上げれば、まっすぐに純美を見下ろす旺殷がいた。

「純美、お前が不幸なのはわかった。だがそれが、春蘭を殺める理由になるものか！」

旺殷に一喝された純美は怯えたように肩を震わせた。

畳みかけるように旺殷は再び口を開いた。

「聞けば、春蘭が不幸であれば正気でいられた、だと？　愚かな。自分より不幸な者がいないと正気でいられないお前の愚劣さが、己自身を不幸にしていたに過ぎない！」

「ち、違う……違う……。私はなにも、なにも悪くない……」

麒神の神気に当てられた故か、ガタガタと震えだした純美は先ほどまでの勢いを完全に失っていた。背中を丸くさせて親指の爪を噛み始める。瞳の色は暗く、まるで幻でも見ているかのようで、焦点が合わない。

「なんで……私が、こんなことに……。ただ私は、幸せになりたかっただけなのに……。春蘭が死ねば……麒神様の気持ちが私に向いてくれると……そう思って……。麒神様の子を産んで、それで、幸せになるはずだったのに……ああ、なんで、私ばっかり……」

ぶつぶつと独り言のようにつぶやく。

「純美……」

春蘭が彼女の名を呼ぶも、まったく反応がなかった。

「春蘭、この女は殺してしまった方がいい。いいや、この女が犯した罪を思えば、死すら生ぬるい」

壊れた玩具《おもちゃ》のようになった純美に向けて放った旺殷の言葉はひどく冷たかった。

春蘭とて純美が憎い。殺してしまいたい。

純美のことは不幸だとは思うが、彼女は己の命よりも大切だったお腹の子を殺し、愛する旺殷に三百年の孤独を与えたのも事実。

この憎しみをぶつけてしまいたい。

だが……。

「彼女の処分については、もう少し考えさせてください……」

身のうちから込み上げる激しい思いに耐えきれず、春蘭は力なくそれだけ言った。

憎いと同時に、かつての純美の笑顔が頭から離れない。

一緒に、この岱輿山に来て、春蘭のことを『ほっとけない』と言って笑ってくれた純美がすべて嘘だったのだとは思えそうになかった。

思いたくなかった。


純美は旺殷の眷属の精霊たちによって拘束され、牢《ろう》に連れていかれた。

項垂れた純美の背中を春蘭は複雑な思いで見送った。

どうすればいいのか。どう自分の気持ちと向き合えばよいのか、春蘭にはまだわからない。

ただ、胸が苦しい。

春蘭が前世のあの時、純美の気持ちに気づいていれば別の未来が待っていたのだろうか。

春蘭のお腹の中で生きていたあの子も、死なずに済んだのだろうか。

後悔が春蘭の身に重くのしかかる。

あまりの重さに動けずにいる春蘭の背中に、優しい温もりを感じた。

旺殷だ。後悔で今にも倒れそうな春蘭を支えるかのように、後ろから春蘭をそっと抱きしめてくれていた。

「大丈夫です。貴方が責任を感じることはなにひとつないのですから」

愛しい旺殷の声が降ってくる。

旺殷こそ、純美に対して思うことがあるだろうに、それでも春蘭を気遣って言葉をかけてくれる。

その優しさがひどく懐かしい。

春蘭は固く目を瞑って、旺殷の温もりに身を委ねた。

「旺殷様……」

愛しい人の名が口からこぼれる。

名を呼ぶだけで、心が少し軽くなるようだった。

本当に懐かしい。前世の時はいつもこうやって一緒に寄り添っていた。

「春蘭、また貴方に会える日がくるとは……」

そう囁くような旺殷の声色は震えていた。

もう離さないとでも言うかのように、春蘭を抱く力が強くなる。

「旺殷様、会いたかった。会いたかったです、私も」

春蘭はそう言って、筋張った彼の手に自分の手を重ねた。

懐かしい愛しい人の温もりと感触。

だが、その手は荒れていた。

乾燥してささくれだった肌。そして無造作に伸びた鋭い爪。手入れの行き届いていた、かつての旺殷の手とは違っていた。

三百年の孤独と絶望がその手ひとつとってみても、わかるようだった。

「……私は、変わり果ててしまった」

旺殷の言葉に、春蘭はどきりとした。

「旺殷様は、変わってなど……」

「いいんだ。変わったことを、私自身がわかっている。変わらずにはいられなかった……。春蘭のいない世界が憎くて仕方がなかった。本当は、ずっとこんな世界など壊してしまいたかった。春蘭と最後に交わした約束を反故《ほご》にして、三度目の時戻りを行い、世界を壊して……楽になりたかった」

「私との、約束……」

春蘭と旺殷は前世で死に別れる際に、約束を交わした。

それは、時戻りをしないこと。

時戻りをして世界を崩壊しないでほしいと春蘭は願い、そして旺殷はその願いに応え続けていた。

自分の身を、心を、すり減らしながら。

「旺殷様、私……」

春蘭はそう言って振り返ろうとした。

旺殷と向き合って、彼を抱きしめたかった。

孤独に耐えて、傷だらけのその心を抱きしめてあげたい。

だが、振り返ることはできなかった。旺殷がまるでこちらを見ないでほしいとでも言うように、春蘭を後ろから抱き竦める。

「春蘭に、今の私をあまり見てほしくない……。私はもう、あなたが愛した私ではないのですから」

切なげにこぼれた旺殷の言葉に、春蘭は胸が苦しくなった。

なんてことを言うのだろう。そんなことあるはずないのに。

「旺殷様、私は……！」

「春蘭、なにも言わず聞いてください。私はずっと……謝りたかった」

春蘭の言葉を遮るように旺殷が言った。

その言葉に春蘭は訝しげに眉根を寄せる。

「謝る……？」

旺殷に謝らねばならぬことがあっただろうか。

「かつて私は、春蘭を、お腹の子を守れなかった。守ると、誓ったというのに」

その言葉は暗く、絶望にあふれていた。

この三百年の間、旺殷がずっとそう思い続け、自分を責めてきたのだろうとわかる重みがあった。

「違う……違います！　旺殷様は、私を守ろうとしてくださった！」

春蘭が必死に言い募る。本当は顔を見て訴えたい。

しかし、旺殷の力は強く、振り払えない。

なんと言えば、彼の後悔を少しでも軽くできるだろうか。

「しかし、守れなかった。それに私はあなたを失った悲しみに病み、無関係な女性たちの人生も狂わせた……。私が、すべて悪いのです」

旺殷のその言葉に、春蘭は純美に呪い殺された明玉の顔を思い浮かべた。
そして、麒神の後宮と化した今の岱輿山の状況を、不毛だといった尹圭の顔も。
確かに悲劇だった。
だがそれらすべてが、旺殷のせいだとは思わない。思ってほしくない。
「馬鹿なことをおっしゃらないでください！」
春蘭はそう言うと、その声に驚いた旺殷の隙をついて、どうにか腕を振り払った。
そして振り返って彼をまっすぐ見つめる。
隈の濃い目元。正気が感じられない青白い肌。
確かに、かつて愛した陽だまりのように穏やかな彼の面影は薄い。
だが、それがどうしたと言うのだろう。
彼はこうして身を削ってまで、心を殺してまで、春蘭の願いに応えてくれた。
それは彼の変わらぬ優しさがあったからだ。
それなのに、それを愛しく感じないわけがない。
「私がここまで来たのは、旺殷様を愛しているからです！」
春蘭はそう言うと、旺殷の胸に抱きついた。
胸に顔を埋めれば、懐かしい香りと温もりを感じる。
「春蘭……」

戸惑い名を呼ぶ旺殷の声が聞こえてくる。

それに構わず春蘭は抱きしめた。

いつの間にか目から涙がこぼれていた。

愛しくて愛しくてたまらなかった。

彼がなんと言おうとも、絶対に離したくない。もうひとりにしたくない。

すべて自分が悪いなどと言って、いつまでも傷つけてほしくない。

旺殷の胸にしがみつきながら春蘭は涙を流す。

そんな春蘭に戸惑っていた旺殷だったが、観念したかのように春蘭の背中に手を回した。

「あなたという人は、本当に変わらないのですね。……しかし、私はあなたのそばにいるのに相応しい男なのでしょうか。私は、結局、なにも守れなかったというのに」

その声はつらそうで、思わず春蘭は顔を上げた。

切なげな、どこか自嘲したような笑み。

こんな顔をさせるために、ここまで来たのではない。

「なにも守れてないなんてことありません！　旺殷様は、私との約束を守ってくださったではないですか！　世界を滅ぼさないでと言った私の約束を守ってくださった！　旺殷様が孤独に耐えて、悲しみに耐えてくれたから、私たちはまたこうやって出会うことができたのです！　旺殷様が、ちゃんと守ってくださったから……！」

込み上げてくるものをこらえながら叫ぶように春蘭は言った。

そう、今こうやって出会えたのも、抱き合えたのも、言葉も交わせたのも、旺殷がこの三百年を耐えてくれたからだ。

「春蘭……」

旺殷は呆然とした表情で名を呼ぶと、くしゃりと顔を歪めて目に涙を溜める。

そしてもう我慢ならないとでも言うように春蘭の唇に自分の唇を重ねてきた。

懐かしい柔らかな感触。

春蘭は込み上げてきたものを涙に代えて流しながら、うっとりと目を瞑って受け入れる。

忘れられない、忘れたくない、前世の思い出が蘇《よみがえ》る。

衣服が濡れるのも構わずふたりで海に入って、海水をかけ合ったこと。

砂浜で、一緒に綺麗な貝殻を探したこと。

山で実った桃をもいで、そのみずみずしい果肉にふたりでかじりついたこと。

なんでもない日常が、なんでもないような言葉が、すべてが眩しく、愛おしい。

ふたりは今までの空白を埋めるかのように長い口づけをした後、どちらからともなく唇を離すと見つめ合った。

春蘭は、ずっと追い求めていた旺殷の青い瞳を見つめる。

深い青の瞳、愛しい人の色。

「旺殷様は、なにも変わってません」

春蘭がそう口にすると、旺殷の瞳が戸惑うように揺れた。

春蘭は再度口を開く。

「大体、変わった度合いで言えば、私の方が変わってます。なにせ転生しているのですから。姿だって前と違います！」

不満げに唇を尖らせながら春蘭は物申す。

すると旺殷は、くすりと笑って両手で春蘭の頬を包んだ。

「春蘭は、どんな姿をしていても春蘭です。目を見ればわかります。あなたの目は、いつも星空のように輝いている。私を優しく照らしてくれる星の輝き」

切なそうに微かに笑みを浮かべ、春蘭の紫の瞳を見つめる旺殷に、春蘭はどきりとして言葉に詰まった。

「春蘭、愛しています。私がどれほどあなたを愛しているか、どうやったら伝えられるのでしょうか」

旺殷はそう言うと、再び春蘭に口づけを落とす。

春蘭は彼の口づけに浸りながら、私こそ、と思っていた。

春蘭の深い愛を、どうやったら旺殷に伝えられるのだろうと、彼の温もりを感じながらずっと考えていた。

◆

純美の処分については猶予をもらった。

春蘭はその間に、自分の気持ちを整理してどうするべきか考えようとしていた。

だが、その猶予期間は想像以上に早く終わりを迎えた。

純美が牢から逃げ出したのだ。

どうやって逃げたのかはわからないが、純美は長年この屋敷を管理していた。万が一のための抜け道を用意していたのかもしれない。

だが、今はもうそんなこと、春蘭はどうでもよかった。

「純美……」

春蘭は、床に干からびたようにして横たわる老婆を見つめながらそう名を呼んだ。

陽光がまったくささない薄暗い室内で、老婆が倒れていた。

この部屋は以前、尹圭が連れてきてくれた、所狭しとたくさんの箱が並べられている場所。

骨と皮だけのようになっているその老婆はすでに息をしておらず、顔には恐怖の色が浮かんでいる。

どこもかしこもしわがれて、髪も白く抜け落ちているため最初は誰かわからなかったが、開かれた瞼に覗く瞳の色を見て、誰であるか春蘭は察した。

この老婆こそ、牢から抜け出たはずの純美だった。

近くには、外側を黒、内側を朱で塗られたひと抱えほどある大きな箱が、蓋が開かれた状態で落ちている。その蓋の黒塗りの部分には金字で『純美』と名が刻まれていた。

この箱は、麒神に嫁いできた花嫁全員分用意されているという箱だ。中身はわからないが、寵愛が深いほど大きいという話だった。

「愚かな。自ら、白煙《はくえん》の箱に手を出すとは……」

「白煙の箱……？」

冷たく言い捨てた旺殷に、死んだ純美を呆然と見ながら春蘭が聞き返す。

「知っていると思いますが、この岱輿山にいる間、人の身体は老いません。それは私の力で時を止めているからです。ですが、体だけとはいえ時を止めていれば歪みが出ます。その歪みを調整していたのが、この箱。ここに、本来感じるはずだった時が煙となって保管されている。つまり、その箱を開き、中に入っていた煙を吸うと……止めていた時の流れが一気にその者に襲いかかる」

「つまり……。ここで過ごしていた年数分の老いが来るのですね」

純美なら、ゆうに三百年ほどの時の経過を一気に受けることになる。

春蘭は虚しい思いで、純美を見下ろした。

尹圭の話では、この箱にはそれぞれの寵愛に見合った褒美が入っているということだった。

だとすれば純美はそれを求めて、愚かにもこの箱に手をつけたということだろうか。

それとも、死ぬとわかっていてこの箱を開けたのだろうか……。

「誰もが、幸せになりたいだけなのに、どうしてそうなれないのでしょう」

思わず春蘭はつぶやいていた。

昨日涸《か》れ果てたと思った涙がまた流れだす。

誰も彼もが救われていない。

子供を守れず無念のうちに死ぬしかなかった前世の春蘭。

そして輝かしい未来を奪われたお腹の子。

長い孤独と絶望を強いられた旺殷。

麒神のもとに、恐怖に怯えながら嫁がされた公主たち。

そしてそこで純美によって殺された明玉のような者たち。

おそらく純美は、自分の地位を脅かす者や、気に入らない者をああやって殺していたのだろう。

そしてそこまでして幸せを求めてたくさんの人の命を奪った純美でさえ、結末はあっけないものだった。

誰も彼もが幸せな世界など存在しないのだろうか。

だがそれでもせめて、身近な者たちだけでもと、その幸せを願わずにはいられない。

春蘭は今でも、前世で守れなかったお腹の子を思うと、苦しくなる。

あの子だけは命に代えても守りたかった。なにがあろうと、幸せになってほしかった。

もう一度、一度だけでいい。時戻りができたら……。

しかし、時戻りはもうできない。

あの時代に戻れば、時の糸が切れて世界が崩壊する。

あきらめるしかないかと、そう思った時、春蘭はハッと顔を上げた。

「時の、糸……？」

そうつぶやくと、旺殷を見上げた。

「旺殷様、旺殷様は以前おっしゃってましたよね。時は糸のようになっていて、時戻りをしすぎると糸がねじ切れて世界が崩壊する。だから、三回目の時戻りはできないのだと」

「ええ、そうです。ですがそれがどうかしたのですか？」

「時の糸は、まだねじれているのですか？」

「もちろん、ねじれています。また三百年ほど前まで時戻りをすれば、間違いなく世界は崩壊します。……だから、私は、どんなにやり直したくとも、できなかった」

悔しそうにこぼす旺殷の手に、春蘭がそっと手を重ねる。

ずっと、考えていた。

春蘭の深い愛を、どうやったら旺殷に伝えられるのだろうかと。

愛する旺殷のために、微力な春蘭ができることはあるのだろうかと。

「旺殷様、聞いてください。もしかしたら……時が糸のようなものだとおっしゃるのなら、私の力で時戻りができるようになるかもしれません」

「時戻りが？」

「前世の私の固有道術は、旺殷様もご存じの通り『忘れない』でした。その力は今も持っています。そして、今世の固有道術は『糸を解す』」

「糸を……解す……」

春蘭の話に、旺殷が信じられないものを見るように目を見張る。

「時が糸のようなものであるなら、私の力でねじれを解せるかもしれません！　そして、解すことができたら、またあの頃に、お腹の子が生きているあの頃に、今の記憶を保持したまま戻れます！　今度こそ、あの子を助けることができるかもしれない！」

春蘭はほとんど旺殷に掴みかからんばかりに言い募った。

今までは刺繍などをする際に、ほつれた糸を解すくらいしか使い道のなかった力。

でも、この力が、この力だけが、今の春蘭の希望だった。

今までのすべてがこの時のためにあったのかもしれないとさえ思えた。

「旺殷様、どうか力をお貸しください！」

春蘭は本気だった。

時の流れが糸のようなものだと言われても、春蘭は実際に見たことはない。それを成すには旺殷の協力が必要不可欠だ。しかしその旺殷に、無理かもしれないと言われたら、春蘭に打つ手はない。

だから、必死だった。

お腹の子、旺殷、純美、明玉、他のすべての公主たちのために。

春蘭の勢いに戸惑いを見せていた旺殷だったが、その春蘭の瞳の力強さに押される形で頷く。

「わかりました。……やってみましょう」

「旺殷様……！」

春蘭はこの無謀ともいえる自分の思いつきに力を貸してくれる旺殷にたまらず抱きついた。

勢いよく飛び込んだ春蘭を旺殷は優しく抱きとめる。

「春蘭、君は本当に変わらない。突拍子もないことを思いつきますね。そしてあなたは一度やりたいと言い出すと、絶対にやる人でしたね」

懐かしい、あの頃の、春蘭がよく知る旺殷の穏やかな声色。

三百年の孤独を生きた旺殷の温かい眼差しに、また目から涙がこぼれ落ちる。

時を戻せば、旺殷は孤独と絶望の中を生きずに済む。

しかしそれは同時に、これまでを耐え切った今目の前の旺殷が存在しないことになる。

それでも、旺殷は、力を貸してくれると言ったのだ。

「泣き虫なところも変わりません」

旺殷はそう言ってくすりと笑うと、優しく春蘭の涙を拭った。

「旺殷様、私、ずっとずっと好きです……！　どんな旺殷様でも、旺殷様なら、私、絶対にずっとずっと好きです……！」

嗚咽混じりの告白に旺殷が微笑みを返す。そして腰を落として、春蘭と目線を同じにする。

「私もです。春蘭、あなたを愛しています。どれほど時が経過しようと、どれほどこの気持ちを失くしてしまいたいと願っても、あなたへの気持ちを失うことはできなかった」

そう言って、影のある悲しそうな微笑みを浮かべてから、三百年の孤独を生きた旺殷は再度口を開いた。

「……春蘭、では始めましょう。私たちの子を救うのです」

旺殷の口から紡がれた力強い言葉に春蘭は頷いた。

「はい！　必ず救ってみせます。子供も、そして旺殷様も！」

「今から麒麟の姿になります。その姿の方が、より強い力を振るうことができるので。そしてあなたに時の糸を見せます。時の糸が見えたら、あなたの固有道術で時の糸を解してください。糸が解れたら……私が時を戻す。春蘭が呪われる前の時に」

「はい……！」

旺殷の提案に春蘭が返事をすると、旺殷は徐々に人の姿から、麒麟の姿へと変わっていく。転変だ。

四つの足で立つ鹿のような姿形になり、体に輝かんばかりの金色の鱗が生えそろう。

長い金の髪が鬣のようになってうねりだす。

そして気づけば、優しい青い瞳を持つ麒麟の姿が、春蘭の目の前にあった。

『さあ、行きましょう。愛しい私の妻よ。あの時救えなかったすべてを救いに』

頭に旺殷の声が直接響く。

春蘭は麒麟に変化した旺殷の額に自分の額を重ねた。

「はい、旺殷様」

目を瞑り、意識を集中させる。時の糸を解すのだ。

そして必ず、救う。

あの時救えたはずのすべての未来のために。

◆

気づくと、懐かしい場所にいた。

麒麟が空を駆ける姿を描いた壁には金粉がちりばめられ、薄い絹紗の張られた丸窓から差し込む光に反射してきらきらと光っている。

柱には宝石が所々埋め込まれ、天井には雲をかたどった意匠が施されていた。

宮の中にある螺鈿《らでん》細工で彩られた棚や椅子、卓はこの世にふたつとない一級品だとすぐにわかる。

上品で繊細な意匠を施されたこの宮こそ、麒神旺殷が、妻である春蘭に与えた宮だった。

ここがどこであるかを正確に思い出した春蘭は、まず自分のお腹を見た。

まだお腹の膨らみはそれほど目立っていないが、それでもぽっこりと確かに大きくなっている。

ひとり静かに時戻りの成功を確信し、お腹を撫でる。

ずっと会いたかった。

するとお腹の子も春蘭の気持ちに応えるかのようにトンとお腹を蹴ってきた。

愛しい振動がどうしようもなく幸せで、思わず春蘭は泣きそうになり、そしてそれをグッとこらえる。

まだ、泣くわけにはいかない。やることはたくさんあるのだ。

「春蘭様、よろしいでしょうか」

扉の外から名を呼ばれた。純美の声だった。

春蘭はハッとして、麒麟の紋様が彫られた木の扉を見ながら唾を飲み込んだ。

この先、なにが起こるのかを、春蘭は知っている。

「入って、純美……」

震えそうになる声をどうにか抑えた春蘭の目の前に茶器を持った純美がやってきた。

肌寒いという春蘭のために、生姜湯を運んでくれたのだ。

〝あの時〟は純美の気遣いが本当に嬉しかったのを、忘れられない春蘭はしっかりと覚えている。

「春蘭様、体調はいかがでしょうか」

純美が運んできた茶器を春蘭に渡した。

春蘭は決して気取られぬように、笑顔を作ってその茶器を受け取る。

「ありがとう、温まるわ」

春蘭の言葉に、頬にそばかすを浮かせてはにかむように笑う純美。

そしてその純美が、なにか、意を決したように口を開く。

「あの、春蘭様、実は見てもらいたいものがありまして……」

そう言って、恥じらうような素振りを見せた。

以前の、時戻りを行う前の春蘭はこの時、なにかしらと興味深く尋ねてしまった。

そして純美から、詩をもらったのだ。

呪いの詩を。

「純美、待って。あなたにひとつだけ聞きたいことがあるの」

純美の言葉を遮るように春蘭がそう口にした。

「聞きたいこと、ですか？」

「そう。ねえ、純美。あなたのしたいことを、あなたの望む幸せを教えて」

「私の幸せ？　どうしたのですか、突然……」

「いいから、答えて」

「望み……それは、もちろん、春蘭様が、無事に御子を産んでくださることが今一番の」

「純美、正直に言って」

春蘭は純美の言葉を遮った。

戸惑うように純美の瞳が揺れる。

しかし、純美はなにも答えなかった。怯えるような瞳で春蘭を見ているだけだ。

春蘭はそんな純美に、悲しそうに微笑んだ。微笑むことしかできなかった。

実際、悲しかった。

これから純美がしようとしていることを春蘭は知っている。

純美は春蘭を呪い殺すために呪詩を渡すのだ。

口にすることで、抗えぬ死を与える呪いの詩。

春蘭を気遣っているふうを装い、自作の詩だと言って照れているような素振りまで見せて詩を渡す。

そして、春蘭はお腹の子もろともに死に至る。

思い返すだけで、憎い。

でも、それでも、その憎しみの中に、春蘭は純美を信じたいという気持ちがある。

春蘭が、純美の本心に気づいてさえいれば、あんなことにはならなかったのではないだろうか。

だから、純美には、話してほしいのだ。今の純美の本当の気持ちを。

春蘭は純美の手を握った。

「お願いだから、言って。純美！」

「春蘭、様……」

必死に言い募る春蘭を見て、純美が眉根を寄せる。そして……。

「なんで私の望みなど聞くのですか……？」

「それはもちろん、望みを叶えてあげたいから」

「叶える？　どうして……」

純美は不審の眼差しで春蘭を見る。

純美の顔には先ほどまで貼りつけていた仮面のような笑みはない。

「それはだって……私、純美のことが好きだからよ」

春蘭がそう言うと、純美が大きく目を見開いた。

そして春蘭もまた、自分の口から出てきた言葉で改めて思い知った。

好きだからこそ裏切られたことが憎い。好きだからこそ、これほど憎いのに、まだ信じたい気持ちがある。

自分の言葉で自分の気持ちが腑に落ちた様子の春蘭とは違い、純美は明らかに動揺の表情を見せる。そして不愉快そうに、春蘭の手を振り払った。

「ど、どうしてそんな、突然、そのようなことを言うのですか……！　私は……！」

純美が顔を険しくさせた。

そこに動揺が見えて、春蘭はやっと本心を口にしてくれた気がして嬉しくなった。

しかし、途中で純美は口を閉じる。

春蘭は再び口を開いた。

「私のことなんて、嫌い？　でも残念だけど、私はあなたのことが好きみたい。本当に、馬鹿みたいなんだけどね」

自嘲するような笑みを浮かべて、春蘭はそう言う。

自分の心の整理がついた春蘭はどこか気持ちが軽かった。

しかし、純美はますます顔を険しくさせる。

「……！　もしかして私がこれからしようとしたことに気づいたのですか？　だから、そんな話をして……。私の、私の決意を鈍らせようと……」

「純美は、なにかしようとしているの？」

「それは……」

春蘭が尋ね返すと、純美は何事か言おうとして、言葉に詰まる。

信じられないものを見るような目で、春蘭を見る。

その瞳を受け止めて、春蘭は笑みを浮かべてみせた。

「ねえ、純美、あなたの話が聞きたい。本当のあなたの話。あなたはどうしたいの?」

春蘭がそう問いかけると、しばらく無言だった純美が口を開いた。

「国に、帰りたい……」

どうにか絞り出したような声で紡がれた純美の告白。緊張の糸が解けたのか、手を床についてうつむき肩を震わせた。泣いているようだった。

春蘭はその震える肩に手を添える。

「そう、わかった。なら、国に帰っていいわ。父上……いえ、皇帝陛下には私から文を出す。ここには、麒神様の眷属がいて、不自由がないから侍女はいなくても大丈夫だって。それに純美の両親にもね。ちゃんと説明する。それと、私の持っている宝飾品も渡すわ。嫁入り資金になるかも」

「嫁入り……」

純美はそうつぶやくと、顔を上げて春蘭を見る。

「そうよ。ねえ、純美、国に帰って、素敵な人を見つけて。そしてその人と所帯を持って、子供を産むの。子供を産み育てるのってきっと大変だと思うわ。でも、その大変な暮らしの中に幸せがあるのかもしれない。……少なくとも、あなたはそう思っているのでしょう？」

　純美は戸惑うように瞳を揺らした。

「春蘭、様……なんで、そのことを……」

　春蘭は、再び純美の手を取った。今度は振り払われても、離さないという気持ちで強く握る。

「気づくのが、遅くなってごめんなさい」

「なんで、こんなこと……。私ずっと春蘭様を……。私本当は、あなたが妬《ねた》ましかった、のに……。それなのに、あなたは、なんで……」

「私は、あなたが一緒に来てくれて本当に嬉しかったの。本当に本当に、嬉しかったのよ」

　春蘭のその言葉に、純美は顔を歪めると泣き顔を隠すように再び顔を伏せた。

「……春蘭様。ごめんなさい。どうか、私を……国に、国に帰らせて、ください……。私は、ここにいたら嫌な人間になるんです。自分の幸せを、あなたが全部かすめとっていくような気がして。違うのに。あなたに悪いところなんてないって、わかっているのに……どんどん心が狭くなっていく……。そして最後には、恐ろしいことにまで手を伸ばそうとした」

そこまで言うと、再び純美は顔を上げた。

「私、自分の固有道術で、あなたを殺そうと……したのです」

「でも、殺さなかった」

純美の告白に、春蘭はそう返す。

そう、今の純美は殺してないのだ。

その言葉に、純美の目に溜まっていた涙がぽたぽたと流れ落ちる。

「……あなたは、優しすぎます」

純美はかすれた声でそう言いながら、ふるふると力なく首を横に振る。そのたびに頬に涙が伝っていく。

その涙を、春蘭が指ですくい取る。

「私があなたに優しいのだとしたら、それは私があなたのことを好きだからよ、純美。私は誰にでも優しい女じゃないんだから」

春蘭が冗談めかして言うと、純美も泣き笑いのような表情を浮かべて春蘭を見る。

そして、どこか意を決した表情を作って、改めて口を開いた。

「春蘭様、最後にもうひとつお願いがあります……」

「なあに？」

「私が国へ戻ったら、私の固有道術を封じてもらうように取り計らっていただけますか。……私には、過ぎた力なのです。心の弱い私は、いつかまた、この力に頼ろうとしてしまうかもしれない」

そう明かす純美の瞳は力強く、もう純美は固有道術を使わないような気がしたが、春蘭は頷いた。

「わかったわ。約束します」

「ありがとうございます、春蘭様」

どこかほっとしたように純美が頭を下げた時、部屋の外から足音が聞こえてきた。

そして……。

「春蘭！　無事ですか!?」

慌ただしく扉を開けて入ってきたのは、旺殷だった。

時の糸のねじれを感知して、慌ててここまで来たのだろう。

そんな旺殷の顔を春蘭はまじまじと見つめた。

艶のある金の髪に、健康的で艶のある肌。

心配そうに春蘭を見つめる優しげな眼差しはあの頃の、旺殷そのままだ。

時戻りをする前の、三百年の孤独を抱えた旺殷ではない。

愛しい思いが込み上げてきて、胸が締めつけられる。

守る。守りたい。

もうあんなふうに、孤独にさらしたくない。

神を人間である己が守るなどと思うこと自体がおこがましいとわかっていても。

この愛しい人を、ずっと、守っていきたい。

駆けつけてくれた旺殷に目を優しく細めて微笑むと、たまらず込み上げた涙がこぼれ落ちた。

「旺殷様、私は無事です。……そして、ただいま戻りました」

春蘭が色々な思いを抱えた上でそう言うと、旺殷は目を瞬かせて、不思議そうに首を傾げた。

終章

白い砂浜にひいては寄せる濃紺の渤海の波。

白く細かい粒子の砂が敷き詰められた砂浜には、時折色鮮やかな貝殻や珊瑚の欠片《かけら》が落ちている。まるで上質な白い絹の上に宝石がちりばめられているかのようだった。

ここは渤海に浮かぶ岱輿山。時を統べる麒麟の神が住まう神山である。

岱輿山は、季節による寒暖差がなく気候は穏やかだが、少々肌寒い。常秋の気候である。

春蘭が浜辺をゆっくりと歩いていると、冷たさを孕む風が吹いて思わず自分の腕を抱く。

少し薄着すぎただろうか、そう思っていると、ふわりと温かな感触に包まれた。

見れば、薄黄色の絹紗の羽織が肩にかけられている。

「寒くありませんか?」

そう声をかけられて顔を上げると、優しい笑みを湛えた金の髪の美男がいた。

この岱輿山に住まう神であり、春蘭の夫である旺殷である。

この羽織は旺殷がかけてくれたようだ。

「ありがとうございます、旺殷様」

そうお礼を述べると、旺殷がさらに目を細めて幸せそうに笑う。

その笑顔に、春蘭もこそばゆい思いがして微笑んだ。

そしてどちらともなく、吸い込まれるようにお互い顔を近づけて、唇が触れようとした時……。

「父上と母上！　いちゃいちゃしてる！」

かわいらしい高い声が、口づけをしようとしていたふたりの間に割って入る。

ハッとして声のした方を見れば、五歳ほどの男の子が、満面の笑みでこちらを見ていた。

髪は旺殷と同じ金色で、瞳の色は春蘭と同じ紫。

この元気溌剌《はつらつ》とした男の子こそ、春蘭と旺殷の間に生まれた御子だ。

名を隆光《りゅうこう》という。

春蘭は、純美が国に帰りたいと願い出た数日後には、彼女を帰らせた。

そうして純美の呪いを受けずに済んだ春蘭はかの日を生き延び、無事に子を産んだ。

愛しい愛しい、命に代えても救いたいと願っていたお腹の子が生まれてきた。

この元気いっぱいの息子、隆光は、砂を蹴って春蘭と旺殷の周りをくるくると回りだす。そして笑顔で「いーちゃ！　いーちゃ！」と言って変な踊りを踊り始めていた。

一体、そんな言葉をどこで覚えてきたのか。そもそもその踊りはなんなのか。

「り、隆光！　親をからかうものではありません！」

息子にからかわれた気恥ずかしさで春蘭は慌てて息子をたしなめるが、隆光はまったく聞いてくれない。

「わーい！　いちゃいちゃ！　いちゃいちゃ母上！」

と、捨て台詞《ぜりふ》のように吐いた上で、砂浜を駆けだした。

「もう！」

遠ざかる小さな背中に向かって春蘭が唇を尖《とが》らす。

すると横から旺殷が笑い声をこらえるような調子で「あまり父上や母上から離れぬように」と優しく隆光の背中に声をかける。

しかしその言葉が聞こえているのかいないのか、隆光は軽やかな足取りでどんどん先へと走っていった。その後ろを慌てて時の精霊たちが追いかける。

ここは神の山であり、常に旺殷の眷属である時の精霊がそばにいるため、隆光を脅かすものはなにもないのだが、それでもやはり目の届く範囲にはいてほしい。

「まったく！　隆光は本当に腕白《わんぱく》ですね！　一体誰に似たのかしら」

遠ざかっていく小さな背中を見ながら、春蘭が不満そうにこぼす。

「いや、それは、間違いなく春蘭に似たのだと思っていましたが……」

春蘭のつぶやきに旺殷がそう答えると、春蘭は目をパチクリと瞬いた。

「え？　私ですか？　それは旺殷様、勘違いされてますよ。私の子供の頃はそれはもう大人しくてですね」

「しかし、ここに来たばかりの時の君も、あんなふうに砂浜を駆け回っていましたよね」

含み笑うようにそう言われてしまうと、春蘭はもうなにも言えなかった。

確かに、初めて目にする渤海の美しい砂浜に魅了されて、嫁入り早々に走り回り、岱輿山の主人である旺殷にぶつかるというお転婆ぶりを発揮したのは春蘭だ。

『忘れない』の固有道術のおかげで、その記憶を忘れ去ることも忘れたふりをすることもできない。

なんとなく居たたまれなくなって旺殷から視線を逸らして隆光を見ると、駆け回るのをやめて今度は砂遊びを始めていた。

近くにいた時の精霊も付き合わされているらしく、いつもの無表情で隣に座って砂を集めている。

いろんなことに興味を持つ隆光の奔放さは、間違いなく春蘭似だ。

となるとやはりあの腕白具合も、春蘭似なのかもしれない。

そう思うこともあるが、年頃の乙女として、淑やかな女性を目指している気持ちももちろんある春蘭は唇を尖らせた。

「……こんな美しい砂浜なのです。大体の人は駆けだすはずです」

苦し紛れにそう口にすると、もうこらえきれないとばかりに旺殷がハハと吹き出した。

「もう、そこまで笑わなくても……」

そう言って顔を上げると、本当に楽しそうに笑う旺殷が目に入る。

文句を言うつもりだったのに、その笑顔に見惚れてしまった。

穏やかな渤海のような青い瞳がきらきらと輝いている。

以前の……三百年の孤独によって荒れ果てた旺殷とはまるで別人のような輝きだ。

こんなふうに、ふとした時にかつてのことを思い出す。

そのたび、今ある幸せがかけがえのないものなのだと思えてくる。

守っていきたい。これからも、ずっと、この笑顔を。幸せを。

「春蘭」

「え？　あ、なんでしょうか？」

自分の考えに没頭していた春蘭は旺殷に名を呼ばれてハッと顔を上げる。

「肩に力が入っていますね」

「そ、そうでしょうか……」

「また、私の知らない未来の姿でも思い出していたのですか？」

見透かされたような瞳でそう言われ、思わず言葉に詰まる。

今の旺殷には、あの過去のことを、救えなかった未来のことを詳しくは話していない。

話せなかった。

知らなくてもいいつらい未来を、三百年の孤独を、旺殷には知らずにいてほしい。

幸いにも、旺殷は時戻りが行われたことについて感知していたが、もう大丈夫だと言う春蘭を深く追及はしなかった。

「旺殷様、その……ごめんなさい」

ポツリと謝罪の言葉をこぼすと、旺殷が苦く笑う。

「なにを謝ることがあるのですか？」

「話せなくて……」

「つらいのなら無理をして、話さなくてもよいのです。ただ……」

旺殷はそう言うと口を噤んだ。そして言いにくそうに口を開く。

「それほど、つらい思いを抱えているのに、私になにもできないことがつらいのです」

「なにもできないなんてことはありません。そばにいて、寄り添ってくださるだけで、私は幸せです」

「春蘭、君は本当に私を喜ばせるのが上手ですね。ですが、そばにいるのは、私がただそうしたいからです」

「旺殷様……」

「春蘭、あなたは強い人です。しかし、私はあなたを守れる者でありたいのです。寒い日は、あなたを温めてあげられる者でありたい。あなたが泣いている時は、その涙を拭える者でありたい。……あなたがひとりでなにもかもを抱えようとして肩に力が入ってしまう時は、重荷を一緒に背負える者でありたい」

切なそうにそう言って、旺殷は春蘭の頬にそっと触れる。

透き通るような濃紺の瞳が、まっすぐ春蘭に注がれている。

労り、慈しみ、愛、すべての温かな感情を込めたかのような瞳に見つめられて、胸が苦しくなる。

なにかが込み上げて、目が熱い。そしてその熱は、こらえきれずに涙となってあふれていく。

春蘭の涙に、旺殷は少しだけ目を見張り、熱い涙をすくい取る。

「春蘭、どうして泣いているのです？　私はあなたを悲しませましたか？」

気遣わしげに尋ねられ、春蘭は違うということを伝えたくて軽く横に首を振る。

「違う、違うのです。ただ……ただあまりにも、旺殷様が、愛しくて」

かけがえのない日々があまりにも幸せで満たされていて、胸が詰まりそうになる。

忘れられない春蘭は、時戻り前のことをまるで昨日のことのように鮮明に覚えている。覚えてしまっている。

だからこそ、今の生活が夢のように感じてしまう時がある。本当の現実は、あの世界にあるのではないかと。

今の幸せも、いつか泡のように消えてしまうのではないかと。

気づけば、旺殷の優しさであふれたはずの涙は、不安の涙に変わっていく。

あまりにも旺殷が愛しくて、それを失ってしまった未来を知るからこそ、余計に恐ろしい。

どうしようもない不安が胸に迫る。

とめどなくあふれる涙を隠すように、春蘭は旺殷の胸に顔をうずめる。

旺殷はそんな春蘭を優しく抱きとめた。

「春蘭、肩の力を抜いて。つらいのならその気持ちを私に吐き出してほしい」

春蘭は顔を上げる。

旺殷の透き通るような濃紺の瞳がつらそうに見えた。気遣わしげに眉尻が下がっている。

ああ、そうかと、今になって春蘭はようやくわかった。

春蘭はよかれと思ってひとりで抱えている。だが、それは旺殷にとっては悲しいことなのだ。

愛しい人がつらい思いを抱えているのに、それを支えることも、寄り添うこともできない苦しさを、春蘭は誰よりも知っている。

時戻りする前の三百年の孤独を抱えて生きた旺殷のそばにいられなかったことが、どれほど悲しかったか、春蘭は知っているのだ。

その悲しみを春蘭は今、旺殷に与えている。

それになにより、春蘭はもうひとりで抱えるのは限界だった。

「旺殷様、私……」

なにか言おうとして、でも、また言葉に詰まる。言葉にできない。

まだ胸の中につっかえがある。

いまだに迷う心に戸惑っていると、『わああ！』という声が聞こえた。

声のする方を見ると、金色に輝く小さな鹿がいた。

いや鹿ではない。麒麟だ。体は鹿のようだが金色の鱗に覆われている。頭に小さな角が二本、濃い金色の鬣が風になびいている。

顔には龍のような大きな口と、春蘭と同じ紫の瞳。

「まさか、隆光……？」

春蘭が思わずそう声をかけると、小さな麒麟が駆けてきた。

駆けるとはいっても、足が少しだけ地上より浮いているので足音は聞こえない。

静かに、でも跳ねるような動きで小さな麒麟がやってきた。

『見て見て！　変身した！』

頭に響くように聞こえてきた声は間違いなく隆光のものだった。

「どうやら、隆光は転変できるようになったようですね」

すぐ近くから旺殷の声。

「転変……確か、人から麒麟の姿に変わることですね。こんなに突然なのですね」

呆然として春蘭が口にする。

麒麟の姿になれたことが嬉しいのか、隆光は楽しそうに宙を駆けている。

人とは違う姿になった隆光に驚きつつも、しかし愛しさは変わらない。

徐々にそれを受け入れて、春蘭は笑みを浮かべた。

「すごいわ！　隆光」

ひとつ成長を果たした息子を素直に褒め称えると、隣にいた旺殷の影が大きくなった。

春蘭が、あ、と思った時には、すでにそこには大きな麒麟がいた。

春蘭の二倍の身の丈がありそうな麒麟の瞳の色は、濃紺。旺殷の色だ。

『春蘭、私の背に乗ってください』

旺殷の声が頭の中に響いたかと思うと、麒麟となった旺殷は足を曲げて春蘭の前にひざまずく。まるで乗ってくれとでも言わんばかりだ。

「え……!? 背にですか!?」

『そうです。隆光と一緒に空を駆けましょう!』

楽しそうな旺殷の声に、春蘭は思い出す。

そうだった。

隆光がまだお腹の中にいた時、旺殷は隆光が転変できるようになったら、一緒に空を駆けたいと言っていた。

今がその時なのだ。

馬にもあまり乗ったことのない春蘭だが、恐る恐る旺殷の背に横座りをする。

『不安なようなら、鬣でも角でも、なんでもいいので握っていてくださいね。それほど揺れは感じないとは思いますが』

旺殷の言葉に頷いて、光の加減によっては虹色に光る金の鬣を握る。

でもあまりぎゅっと握ったら痛くないだろうか、などと思っていると、ふわりと体が浮く感覚がした。

馬に乗るのとはまた違う、不思議な浮遊感。

風は感じるが、そよ風のようで、揺れのようなものはまったくない。安定感があった。不思議な乗り心地だ。

どんどん空高くまで昇っているのがわかる。

空が近い。その大きな空を見上げて春蘭は目を見開いた。
「す、すごいですね！　それに、全然揺れませんし、手放しでも大丈夫そうですよ！
馬に乗る時と全然違います！」
春蘭が感動していると、ふふふと旺殷の笑い声が聞こえてくる。
『馬と一緒にされては困ります。これでも神獣なのですよ。さあ、あの腕白な隆光を
追いかけましょう。初めての飛翔でここまで駆け上がるとはなかなかの才能です』
旺殷はそう言うと、ふわふわとした奇妙な浮遊感のまま隆光を追いかける。
隆光はとても楽しそうに軽やかに空を舞っていた。
それを旺殷は一定の距離を保ったまま見守るように追いかける。
そして春蘭は楽しそうな旺殷に視線を移した。
隆光と一緒に空を駆ける。それは旺殷がかつて夢見たこと。隆光がお腹の中にいた
時に、旺殷が願った未来だ。
そこで、やっと、なぜか春蘭はのみ込めた。
春蘭は今を生きているのだ。
かつて望んだ未来を生きている。望んだ未来を叶えた今を生きている。
今の幸せな日々は、夢や幻なのではないのだと、無性に理解した。
今の幸せなひと時がいつか消えてしまうのではないかと怯えていた気持ちが、嘘み

たいに晴れやかになっていた。

だって、今、まさにかつて思い描いた未来を生きているのだから。

安堵か、喜びか、また春蘭の目に涙があふれる。

それを優しい風が空に流していく。

今なら、言える気がした。

忘れられない春蘭が抱えているものについて、旺殷に話せる。

かつて、こんなことがあったのだと、ただの思い出話をするような気持ちで。

「旺殷様、お屋敷に戻ったらお話ししたいことがあるのです。聞いてくださいますか？」

『もちろんです。私が、あなたの話を聞かなかったことがありますか？』

「そう、そうですね。旺殷様はいつも私に寄り添ってくださっていたのに……」

涙で少し濡れた声で春蘭はそう口にすると、拳をぎゅっと握る。

「私の時戻りの話……。もしかしたら、悲しい思いをするかもしれませんが……」

『構いません。あなたとその悲しみを分かち合うことができるのなら、それは私にとって喜びなのです』

旺殷の答えに、また春蘭の目から涙がこぼれる。

この人と夫婦になれて本当によかったと、春蘭は心の底から思った。

春蘭の喜びも悲しみも、優しく受け止めてくれる人。

こぼれた涙で、旺殷の鬣が濡れる。

「旺殷様、愛しています」

『私もですよ、春蘭。あなたを愛しています。……それにしても、歯がゆいですね』

「どうかされたのですか？」

どこか困ったようにつぶやく旺殷に、春蘭が首を傾げる。

『この姿だと、あなたを抱きしめることができない』

その返答に、春蘭は目をパチパチと瞬かせた。

そして真剣な表情でどうすべきかと悩み始めた旺殷を見て、ふふふと声を立てる。

「大丈夫ですよ。旺殷様はいつも、その温かな心で私を優しく包んでくださっています。それに、こういう時は、私が抱きしめればいいのです」

春蘭は旺殷の首に腕を回し、体を委ねてピッタリとくっついた。

ふわふわとした鬣が春蘭の頬に触れる。温かい旺殷の体温を感じる。

いつも旺殷が部屋に焚きしめる白檀の香りに包まれる。

『あー！　また母上と父上がくっついてる！　僕も！　ねえねえ、母上、僕の背にも乗っていいよ！』

隆光の声が聞こえてきた。小さな麒麟が隣に並んでくる。

『だめですよ、隆光、母上を乗せるのは夫である私の役目。隆光も、自分が妻を娶るまでは我慢なさい』

『えー、けちー！』

不満げに嘆く隆光と、どこか得意げな旺殷がおかしくて、また春蘭は声をあげて笑った。

顔を上げれば、どこまでも青く澄み渡った空が目に入る。

幸せな明日を約束してくれるかのような、晴れやかな空だった。

完

あとがき

こんにちは、唐澤和希です。

この度は、本書を手に取ってくださって誠にありがとうございます。

おかげさまで五神山物語シリーズ第二弾を出せることになりました。

前作の『後宮妃は龍神の生贄花嫁』では、龍神が住む蓬莱山が舞台でしたが、今作は、麒神が住む岱輿山《たいよさん》が舞台です。

麒神とは、麒麟の化身の神様です。

その麒神様は最愛の妻を亡くし、失意に沈んで引きこもっています。そこに新たにやってくる生贄花嫁が、主人公の春蘭です。春蘭は麒神がかつて愛した妻の生まれ変わり。早く麒神に会いたいと喜んで生贄花嫁として嫁いだものの、なかなか麒神に会うことができず、自分こそが亡くなった妻の生まれ変わりだと言って麒神に迫る妃まで現れ、そして前世の自分の死の真相に気づき……と言った内容です。

私の好きな設定をいっぱい詰め込みました。

私はハッピーエンド至上主義なので、早くヒーローヒロインが報われてほしい！と言う気持ちでハラハラしながら書いてました。

前向きで明るい春蘭には、書いていてとても助けられたのを覚えてます。

また、五神山物語シリーズ第二弾とはなりますが、こちら単体でも楽しめるようになっております。

ですが、前作の登場人物がちらりと登場しますので、前作も併せて読んでいただけたらより楽しめるかもしれません。


それでは最後になりますが、謝辞を。

担当編集の三井様、妹尾様、校正担当様をはじめとした本作の出版にご尽力いただきました皆様、誠にありがとうございます。大変お世話になりました。

また、前作同様に、大変美麗な表紙を描いてくださった宵マチ先生……！

今作も大変麗しい二人をありがとうございます。

そして本書を手に取ってくださった皆様、本当に本当にありがとうございます。

おかげさまでシリーズ第二弾です。

楽しんでいただけましたら嬉しいです。

それでは、またお会いできることを願って、後書きとさせていただきます。

唐澤和希

この物語はフィクションです。実在の人物、団体等とは一切関係がありません。

唐澤和希先生へのファンレターのあて先
〒104-0031　東京都中央区京橋1-3-1　八重洲口大栄ビル7F
スターツ出版（株）書籍編集部 気付
唐澤和希先生

後宮妃は麒神の生贄花嫁
五神山物語

2022年2月28日　初版第1刷発行

著　者　　唐澤和希　

発 行 人　菊地修一
デザイン　カバー　北國ヤヨイ（ucai）
　　　　　フォーマット　西村弘美

発 行 所　スターツ出版株式会社
〒104-0031
東京都中央区京橋1-3-1　八重洲口大栄ビル7F
出版マーケティンググループ　TEL 03-6202-0386
（ご注文等に関するお問い合わせ）
URL　https://starts-pub.jp/
印 刷 所　大日本印刷株式会社

Printed in Japan

乱丁・落丁などの不良品はお取り替えいたします。上記出版マーケティンググループまでお問い合わせください。

定価はカバーに記載されています。
ISBN　978-4-8137-1230-5　C0193

スターツ出版文庫　好評発売中!!

『記憶喪失の君と、君だけを忘れてしまった僕。3~Refrain~』　小鳥居《ことりい》ほたる・著

大切な人を飛行機事故で失い、後悔を抱え苦しんでいた奈雪。隣人の小鳥遊の存在に少しずつ救われていくが、その矢先、彼が事故で記憶喪失になってしまう。それでも側で彼を支える奈雪。しかし、過去の報いのようなある出来事が彼女を襲い、過去にタイムリープする。奈雪はもう一度生き直し、小鳥遊の運命を変えようともがくが…。二度目の世界では華怜という謎の美少女が現れて――。愛する人を幸せにするため、奈雪が選んだ選択とは？全ての意味が繋がるラストに、涙！感動の完結編！

ISBN978-4-8137-1210-7／定価737円（本体670円+税10%）

『君が僕にくれた余命363日』　月瀬《つきせ》まは・著

幼いころから触れた人の余命が見える高２の瑞季。そんな彼は、人との関わりを極力避けていた。ある日、席替えで近くなった成田花純に「よろしく」と無理やり握手させられ、彼女の余命が少ないことが見えてしまう。数日後、彼女と体がぶつかってしまい、再び浮かびあがった数字に瑞季は固まってしまう。なんと最初にぶつかったときより、さらに余命が一年減っていたのだった――。瑞季は問いかけると…彼女からある秘密を明かされる。彼女に生きてほしいと奔走する瑞季と運命に真っすぐ向き合う花純の青春純愛物語。

ISBN978-4-8137-1212-1／定価693円（本体630円+税10%）

『後宮の寵姫は七彩の占師~月心殿の貴妃~』　喜咲冬子《きさきとうこ》・著

不遇の異能占師・翠玉は、後宮を蝕む呪いを解くため、皇帝・明啓と偽装夫婦となり入宮する。翠玉の占いで事件は解決し「俺の本当の妻になってほしい」と、求婚され夫婦に。皇帝としての明啓はクールだけど…翠玉には甘く愛を注ぐ溺愛夫。幸せなはずの翠玉だが、異能一族出身のせいで皇后として認められぬままだった。さらに周囲ではベビーラッシュが起こり、後継者を未だ授かれぬ翠玉は複雑な心境。そんな中、ついに懐妊の兆しが…!? しかし、その矢先、翠玉を脅かす謎の文が届いて――。

ISBN978-4-8137-1211-4／定価693円（本体630円+税10%）

『大正偽恋物語~不本意ですが御曹司の恋人になります~』　小谷《こたに》 杏子《きょうこ》・著

時は大正四年。両親を亡くし叔父夫婦に引き取られ、虐げられて育った没落令嬢・御鍵絹香。嫌がらせばかりの毎日に嫌気がさしていた。ある日、絹香は車に轢かれそうなところを偶然居合わせた子爵令息・長丘敦貴に後ろから抱きすくめられ、助けてもらう。敦貴に突然『恋人役にならないか』と提案され、絹香は迷わず受け入れる。期間限定の恋人契約のはずが、文通やデートを重ねるうちにお互い惹かれていく。絹香は偽物の恋人だから好きになってはいけないと葛藤するが、敦貴に「全力で君を守りたい」と言われ愛されて…。

ISBN978-4-8137-1213-8／定価682円（本体620円+税10%）

スターツ出版文庫　好評発売中!!

『天国までの49日間～ファーストラブ～』　櫻井《さくらい》千姫《ちひめ》・著

霊感があり生きづらさを感じていた高２の稜歩は、同じ力をもつ榊と出会い、自信を少しずつ取り戻していた。でも榊への淡い恋心は一向に進展せず…。そんな中、ファンをかばって事故で死んだイケメン俳優・夏樹が稜歩の前に現れる。彼は唯一の未練だという「初恋の人」に会いたいという。少しチャラくて強引な夏樹に押されて、彼の初恋の後悔を一緒に取り戻すことに。しかし、その恋には、ある切ない秘密が隠されていて――。死んで初めて気づく、大切な想いに涙する。

ISBN978-4-8137-1196-4／定価737円（本体670円+税10%）

『僕の記憶に輝く君を焼きつける』　髙橋《たかはし》恵美《えみ》・著

付き合っていた美涼を事故で亡くした騎馬は、彼女の記憶だけを失っていた。なにか大切な約束をしていたはず…と葛藤していると――突然二年前の春に戻っていた。騎馬は早速美涼に未来では付き合っていたと打ち明けるも「変な人」とあしらわれてしまう。それでも、彼女はもう一度過ごす毎日を忘れないようにとメモを渡し始める。騎馬は彼女の運命を変えようと一緒に過ごすうちに、もう一度惹かれていき…。ふたりで過ごす切なくて、苦しくて、愛おしい日々。お互いを想い合うふたりの絆に涙する！

ISBN978-4-8137-1198-8／定価671円（本体610円+税10%）

『鬼の花嫁五～未来へと続く誓い～』　クレハ・著

玲夜から結婚式衣装のパンフレットを手渡された鬼の花嫁・柚子。玲夜とふたり、ドレスや着物を選び、いよいよ結婚するのだと実感しつつ、柚子は一層幸せに包まれていた。そんなある日、柚子は玲夜を驚かせるため、手作りのお弁当を持って会社を訪れると…知らない女性と抱き合う瞬間を目撃。さらに、父親から突然手紙が届き、柚子は両親のもとを訪れる決意をし…。「永遠に俺のそばにいてくれ」最も強く美しい鬼・玲夜と彼に選ばれた花嫁・柚子の結末とは…⁉

ISBN978-4-8137-1195-7／定価660円（本体600円+税10%）

『後宮の巫女嫁～白虎の時を超えた寵愛～』　忍丸《しのぶまる》・著

額に痣のある蘭花は、美しい妹から虐げられ、家に居場所はない。父の命令で後宮勤めを始めると、皇帝をも凌ぐ地位を持つ守護神・白虎の巫女花嫁を選ぶ儀式に下女として出席することに。しかし、そこでなぜか蘭花が花嫁に指名されて…⁉猛々しい虎の姿から、息を呑むほどの美しい男に姿を変えた白星。「今も昔も、俺が愛しているのはお前だけだ」それは、千年の時を超え再び結ばれた、運命の糸だった。白星の愛に包まれ、蘭花は後宮で自分らしさを取り戻し、幸せを見つけていき――。

ISBN978-4-8137-1197-1／定価682円（本体620円+税10%）

書店店頭にご希望の本がない場合は、書店にてご注文いただけます。

ノベマ!
作家大募集
小説コンテストを毎月開催!
新人作家も続々デビュー。
作品は、累計650万部突破の「スターツ出版文庫」から書籍化。
汐見夏衛
あの花が咲く丘で、君とまた出会えたら。
君が落とした青空
櫻いいよ
後宮妃は龍神の生贄花嫁
クレハ
鬼の花嫁
ノベマ
検索
https://novema.jp/